純真的擔憂

駱以軍

目錄

靜靜的生活

失落之物

天空之城

如夢的繁華

無人知曉的

靜靜的生活

泰順街

我在傍晚走進我們家附近那條泰順街，那瞎燈暗火順展而去的小攤燈泡，像是深海一群頭頂有光暈的鮟鱇魚，這條像巷子般窄小蜿蜒的街，白日是小攤連著小攤的傳統市集：雞鴨魚肉、水果菜蔬、老外省的包子或槓子頭、阿婆的涼麵米粉湯，或動輒四五十年歷史的紅豆芋圓湯小攤，或再往裡些走，有騎樓上方堆滿彩色竹竿，門口整捆鐵網、鐵皮的五金行。泰順街隔壁是溫州街，斜叉過和平東路那一端是青田街，遠一點類似的有麗水街，說來都是浙江的小地名，加上金華、永康啦，我家這一區的街名，感覺是當年老蔣總統他的夢中故鄉地圖啊。這幾條彎彎曲曲的小街，從前都是小水圳，後來沿著這些水道上蓋水泥板，所以現在這所謂路啊，還是水渠在人家房舍間穿繞之感。孩子們小時候，我會牽著他們，走進這泰順街，或是帶他們吃「糊塗麵」，或是「阿月子油飯」，或有家香港人來開的燒臘店，有時我們穿過那蜘蛛網狀的巷弄，像走迷宮一樣，走道盡頭就是師大夜市。當然夜市的食物種類多啦，蚵仔煎、水煎包、可麗餅、潤餅捲、牛肉麵、滷……。那又是另一個小孩眼中的遊樂場，有一些巷裡的小店，賣著極便宜的垃圾玩具：假蟑螂、彈力球、整人的水槍手錶、水槍照相機、羽毛笛，那是我小兒子的最愛。那些窄小的店家，總有一些很具有故事迷霧的人物，譬如有一間彩券行，一走進去，五彩繽紛的彩券櫃後，坐著兩個美麗、空靈的雙胞胎女孩，沒有客人一走進去不被那兩美少女真的像空谷幽蘭的美震撼。但後來你才知道她倆是聾啞者——賣彩券的營業證只有殘疾人士可以申請。約走二十公尺的小巷口，那賣紅豆湯綠豆湯薏仁湯花生湯愛玉仙草豆花芋圓的小攤老闆，是個瘋瘋癲癲，愛調戲年輕女孩，或逗人家情侶的無聊阿公。有一家西藥房，那老闆看去是個老派紳士，知道我在寫作，總說要找天請我吃飯，講一些他人生境遇奇幻的故事給我聽，我當然很期待，但實在養家一些雜活總忙不過。那藥局的櫃檯是個很愛跟顧客搭訕，炫耀自己手機照片上週他去爬雪霸，或是別家要來挖他。我想他是個寂寞的人。我注意到幾乎所有顧客等著拿了藥，就敷衍打斷他的話，走了。或是再往另一邊走，有一對母子，開了一小素菜麵攤，素牛肉麵啊，素肉燥飯，素羊肉湯，其實蠻好吃的，我不時會去吃碗素滷麵，切些小菜。那母親就像一般吃苦不幸的老婦，但掌鍋的那兒子，長得就是從前混過黑道的一臉凶惡，感覺太陽穴邊還有刀疤，真的很像大傻成奎安啊。他很努力慈祥對走進去（那店又小又爛）點餐的客人笑著，但那讓人心裡更發怵啊。

我孩子小時候我特喜歡帶他們走進這條雜沓老舊之街，我希望他們學習觀察那流動的，色彩紊雜，老婦身前那水盆裡浸著的各種喘氣之魚；那些雞籠裡挨擠著將被宰殺的黑金羽毛或雪白羽毛的大雞；像那部電影《搶救雷恩大兵》最後，所有人都死了，連湯姆．漢克斯演的班長也中彈了。他對雷恩說：「好好打開你的眼睛，替我們去看我們看不到的那個世界。」我總希望孩子們可以觀看那日後或許他們回想起來，有父親在一旁陪著：「看啊，看看那些阿婆的臉，看看那偷叼了雞頭竄跑的黑貓。」你們跟土地已截斷了，可以看看那綠光盈滿的瓠瓜、絲瓜、大蘿蔔、南瓜、青蔥、紫亮的茄子。

永和

我小時候家住永和竹林路，那像迷宮蜿蜒纏繞的巷弄裡，一棟棟黑魚鱗瓦的日式小屋，牆猶是橘色小磚累疊，牆頭扎著破啤酒瓶，那玻璃裂齒用於防賊。小院裡通常會種上芒果樹、桂圓樹、桂花、梅樹、木瓜、棕櫚，屋瓦爬著紫花翻飛的九重葛，倚牆則多有曇花、雞蛋花、茉莉，所以我小時在那些巷弄裡穿繞，記憶底層空氣中是那層次繁複的幽香。這些如掌紋錯亂的巷弄，往往連我自小在其中長大，也常迷路，彎著繞著，便走到一大片蒼莽竹林，或是路的盡頭是一道矮河堤，堤外便是水流洶猛，好像永遠都是深灰色的新店溪。台美於一九七八年斷交，是以我從小學四五年級開始，一直到國中，都有個印象：上學途中穿梭的迷宮巷弄，不斷有這種日式平房被推倒拆掉，像拔牙的一個方窟窿，挖土機朝下刨一個坑，然後蓋起四層樓的公寓。那真是如雨後春筍在經過的眼前密集發生。後來才知道，那是個逃亡者恐懼的故事，因為永和多外省人，我小時候不懂，那灰撲撲的，安靜祥和，各家小院傳出收音機或後來電視機的棒球轉播、平劇或廣播劇，其實後頭都藏著逃難者撲撲的心跳，台灣退出聯合國，乃至中美斷交，許多外省人，恐懼之餘，賣了房子，所以有地產商那麼大批的挖地蓋公寓。

那些挖開的，不，推倒成一片廢墟瓦礫，或仍可見牆基斷垣的無人之屋，便成為我和玩伴，放學時光探險的祕境。那些屋子似乎仍帶著原來住裡頭之人，一種薄霧狀的時光殘留。那些被遺棄的沙發、書櫃、砸壞的神龕、扔滿地的黑膠唱片、摔倒破裂的石膏像、信件、甚至衣物，確實很像突然有人來查抄，翻箱倒櫃，匆匆忙忙把人帶走的景象。為什麼人去樓空，卻都會留下這般一屋凌亂？如今對我還是個謎。這種闖入他人曾經生活其中，如今一片荒蕪破碎的空間，或成為我日後小說的某種潛意識，但其實那年代住永和那些巷弄裡的少年，這是多麼尋常的經歷。這是後來讀瓊瑤《庭院深深》，或《咆哮山莊》，或木心的《溫莎墓園》，皆那麼容易連結代入的時間之屋啊。

舒國治在《無中生有之鎮》寫道：「而這小鎮，若以永和路為樹幹，以忠孝街、文化路、仁愛路、信義路為西枝，以博愛街、竹林路、中興街、豫溪街為東枝，如此像葉脈一般的張開來看，它有一種新市鎮的簡略與單色，而沒有古舊行業如棺材店、收驚神壇等的詭祕煙香及濃黑暗紅之色。何也？乃永和不是年深月久自然蘊積成形的鎮市，而是人為快速的移住之地。」

真是如此，我們小時候，每逢農曆年過後，初五初六吧，母親就帶著我們三個小孩，一路搭公車，從萬華的龍山寺、大龍峒的保安宮、民權東路的恩主公廟，一間間拜，那似乎是，我們住的永和，雖然家裡餐桌上的神龕，還是供著祖先牌位和一尊觀音菩薩，但永和這流亡者暫居，浮水搭橋，紊亂如微血管的巷弄，似乎連神鬼都找不到夢中的路徑啊，必須我們過了那川端橋，進台北城，到神明的座下祈求平安啊。我們小時候在竹林路晃走，真的有那老山東開的破爛麵店，一碗大滷麵，切一盤滷味（豆乾、海帶、滷蛋），十五元吃得意興酣暢，打的嗝有真的北方麵條香和滷味的鍋氣。或真的有那看去是一班軍中老弟兄，爛棚子下一只倒蓋汽油桶，裡頭燒著柴火，鐵壁內面貼著燒餅烙，上頭則一黑得冒渣的爛油鍋，拉開一條條細白麵條，就炸成胖滾滾金黃的油條；或街上真有像張果老那樣的老神仙模樣的瘋漢，銀白頭髮和鬍鬚，追著我們兄妹仨喊我們名字。或我們永和國中的萬年訓育組長，大家喊他「老高老高」，整天拿著木頭武士刀追小太保，傳說老高的一隻眼從前在大陸打仗時被打瞎了，裝了一隻狗眼。我也是要到長大後，才知道原來我小時候所在的那永和，蜉蝣聚落，說都是逃難者搭屋而聚，其實我父親作為南京人，來台灣找了教員的工作，境遇還是比某些山東人、河南人、陝西人，甚至傳說中在靠河那邊小巷裡，吃狗肉的老廣，都要好多了。

老屋

南京的以明大哥來台灣，說要給我母親過八十大壽，我娘非常慌張，說她沒在過壽這種東西啦，以明大哥說，整個南京江心洲，甚至老家安徽無為那邊，所有駱家就是我母親輩分最高了，總之堅持要來。但現在兩岸關係緊繃，以明大哥原本要辦自由行，但審批一直不下來，於是他帶著一個姪女、姪女婿，參加了一個旅行團，這種大陸團，通常六天之內繞台灣一圈，從桃園、台中、台南、高雄、屏東、台東、花蓮，最後回台北，一路趕車，吃住也不佳，但最後一晚入住蔣夫人的圓山飯店，那個飯店的金碧輝煌，黨國餘氛，讓這些陸客回去後暈頭晃腦，說不清來台灣是玩得好還是不好。以明大哥他們就是參加這樣的團，所以他們到台灣後，我和妻到機場接機，他給了我們倆行李箱的土產（核桃、花生、瓜子、山核桃、紅棗、果脯、龍眼乾，還有兩根東北老蔘，五萬塊人民幣一札札的鈔票），然後他們就跟團往南去了，我們約了最後一天，我到圓山飯店接他們，打計程車帶他們到永和老家見我母親。

這好像是一個奇怪的連結，連結我們和他們的那個關鍵人——我父親，已過世十幾年了，血緣上我哥我姊和我與以明大哥是同父異母，而我母親是道地台灣台北大龍峒人，算是以明大哥的後媽，但其實一九四九年他剛出生一個月，我父親就把他遺棄，跑到台灣。上世紀末開放兩岸探親，我父親才又見到這個獨自長大，那時已快五十歲的老兒子。以明大哥現在也七十多歲啦。一開始是我父親帶美金過去，修祖墳，給大哥蓋新房子，也帶金戒指回去，各房親戚都給。這幾年反而都是以明大哥給我們帶錢了。其實他們都是儉樸的農民，或弄艘船在長江跑船運貨，只是這幾年，他們江心洲的田地被政府徵收，新加坡人要整片開發，他們被遷進一整區的大樓，每家都配個四五套公寓，日子變得比我們這邊好了。

那個晚上，以明大哥和姪女、姪女婿在永和老家客廳聊到半夜，他們鄉音很重，講快些我們就聽不懂。我們那個老房子客廳日光燈還壞了一管，顯得昏暗，小几上堆滿我母親準備一小盤一小盤切好的鳳梨、蓮霧、柳丁、芭樂，還有我姊特地去買的一家很有名的肉粽，我們泡包種茶招待他們，但他們似乎不太吃，就是拚命講話。那個姪女其實年紀比我大，看去是個大媽了，說起來從小到大也吃了許多苦，也就是這兩年因為配到公寓所以日子好些。她到屋裡頭看看，然後就哭了，說：「沒想到你們過得這麼苦。」

之後以明大哥和那姪女婿，七嘴八舌說要我們把這老屋改建，他們大約都是善於砌磚搭架，在那盤算可以蓋成三樓，他們說這錢他們幾個在江心洲的老堂哥們大夥湊，以明大哥說：「不能讓媽媽你們再住這麼糟的房子啦。」

說來我們永和這個老房子，從我兩歲就住在那啦，它是黑魚鱗瓦的日式小屋，有個小庭院，我父親生前在院裡種了許多樹：有梅、桂花、杜鵑、枇杷、棕櫚、桂圓、芒果，還搭了一棚架種一種叫金銀花的爬藤，另有一株九重葛，沿壁爬上屋頂，整片盤根在屋瓦上。這屋子不大，且到處是我父親的書櫃，因此感覺更擠仄。逃難者的習性，總不捨丟舊物，書櫃上堆著我父親的皮箱、獎盃、錦旗、整落的剪報、一些他在師大路哪個筆墨店買的假字畫軸。有一年颱風把屋頂的瓦打破，我父親請工人換了一個鐵皮屋頂，且有個閣樓，上面也是堆他的書。那屋頂上總是有野貓，發情時打架，或是生了一窩小貓，在上面喵嗚喵嗚叫。我從小在這屋裡，覺得這院落是個自給自足的小宇宙，每天早晨，樹上各式鳥兒喧鳴，家裡養狗，狗兒有時會叼來從屋頂掉下的小貓，有時則見到翻牆飛躍的大花貓叼著一隻羽翼華美的鳥……。我們從沒有覺得這屋子破，但確實父親過世後，庭院荒蕪，附近的像我們這樣的日式老屋，都幾戶合併和建商合作蓋起高樓，我們家便是這巷弄裡，唯一的一棟低矮平房。後來房基裂破，時有老鼠跑進來。浴缸還是四十年前那種小磨石子的老浴缸。

總之那晚我們和以明大哥爭辯著，後來我母親哭了起來：「這個老房子的一角一落，都有你爸爸的回憶啊，我捨不得動它啊。」

姊姊的水餃

我小的時候，母親會拿我哥、我姊和我三人的生辰八字去給一位算命先生批命盤，據說我哥和我的盤，他都只是簡約帶過，就是我姊的命盤，他讚不絕口，說是「全科甲」，囑咐我媽，這孩子將來能念多高學歷就讓她念。確實那時看來（我哥國中吧，我姊小五小六吧，我才小三吧？），我和我哥成績都是亂七八糟，就我姊在班上功課不賴。我母親難免也嘆氣：「結果竟然是女兒會念書。」

其實後來我姊的升學之路並不順，國中時（那年代還有所謂「升學班」）遇上一個心理變態的女導師，習慣在課堂上用小孩們羞愧欲死、驚懼毀滅的惡毒話語，當眾羞辱（看運氣了）某一個人。我姊整個內在發生當機，成績一落千丈，後來我爸媽怕她出事，把她從第一好班轉到較差的普通班。

姊姊高中聯考沒考好，進了重考班（其實這是我家三個小孩的共同升學經歷，但感覺原本是「好學生」的姊姊也如此，那種落難、跌入塵埃之感就特別強烈）。第二年高中還是沒考好，報名念了一所當時第三或第四志願的商專，似乎她便進入一個快樂、不是高中升學裝配線的五專生活。但我母親堅持讓她假日仍上英文補習班，總之後來她的英文非常好。

五專畢業，我姊插班考上輔大英文系夜間部，第二年再轉插班考上同校日間部，似乎繞了一個循環，她又回到那個年代，我父親眼中「萬般皆下品，唯有讀書高」的正途。之後她申請到美國威斯康辛大學念語言學碩士。

我姊在美國念書那段時光，我正在陽明山進入我爬蟲類夢境般的小說學徒時光，一個禮拜回永和老家一次，聽母親轉述姊姊寄回來的航空信中，說了哪些在那裡發生的種種。模糊而遙遠。譬如有一次冬天，她在校園疾走趕上課，卻在那雪融又結一層薄冰的路面滑了一跤，把一顆門牙磕斷了，我爸媽都非常擔心。那個年代沒有電腦、網路，更沒有網路免費電話，所謂「留學生」就真的是負笈離鄉等拿到學位再回來。有一次聽說有個母親的昔日同學，移民美國，要介紹一個家世非常好，且念醫學博士的男孩給姊姊（我姊年輕時是個美女喔），姊姊在老一輩人眼中是所謂「單純的乖女孩」。也應男方邀請到另一州他們家拜訪，據她後來說那真是豪宅，庭園大到後面有座小山，她還跟著那男孩散步到林中小徑，竟然還看到小鹿（在我當時貧乏的想像，竟想到麥可・傑克遜那養了猩猩、長頸鹿、斑馬和裝置遊樂園旋轉木馬、摩天輪，這些大型機器的豪宅）。但其實我姊外柔內剛，對方是非常傳統的本省醫生世家。他們似乎對我姊頗中意。但包括男孩、男孩的母親，竟才見過一次面，便好像她已是他們家準媳婦，擺出家規或男尊女卑的暗示、規矩。我姊獨自在異鄉，那時又年輕，我們家對婚姻這事又鬆散（我爸是一九四九年獨自跑來台灣的外省人，我媽是養女出身，對婚姻在本省世家的協商、談判，根本是狀況外），無法成為後援。我姊使用一種對方可能覺得「叛逆」的方式：她對那男孩和他母親強勢且緊迫盯人打到宿舍的電話，採取「消失」戰術，完全不再讓他們找到她。

這事我缺乏現實性的理解和想像，我以為這不是件事嘛。但我姊（還是老話，那時她太年輕了）好像身心俱創（可能對方那母親某次在電話逮到她，說了一些非常攻擊性且傲慢的話）。總之，她拿到碩士後，便匆匆回台灣了。我父親原指望她拿個博士，不過當時家境要支撐一個孩子在美國念書五年，算非常勉強。且對我父親那輩人來說，有個女兒留洋，「威斯康辛大學碩士」，這也夠虛榮了。

姊姊回國後，在找工作方面，比起她的廢材兄弟順利多了（可能她的英文真的非常好）。先是到花旗銀行，後又跳HP，後又轉至羅氏大藥廠。職位都是總經理祕書，且都是外商駐台公司（在羅氏，她的頂頭上司就是個法國人），說起來很多年前那算命先生說她「全科甲」，在和我哥及我比較後，你不得不佩服那預言的精準。

不過這幾年，台灣經濟劇烈動盪，許多外商以全球戰略布局思考，皆撤離台灣，轉往上海或深圳。

去年姊姊被裁員了，這對她無啻是超現實夢境。怎麼可能？她以祕書的專業，在公司皆有極佳口碑，為什麼不是那些整天混日子的傢伙，而是她？

那之間她找了兩個工作（但不再是外商公司了），皆更超現實的遇上可能是虐待狂的老闆。但或許這種老闆像川劇變臉之前歇斯底里狂飆罵你祖宗八代，一轉身又慈眉善目，是本土家族企業大多數人討飯碗必須面對的常態文化。但我姊似乎在那短短一年，把之前十幾年工作累積的自我感全部崩塌。那一段時間我每有回永和，她都拿出龍山寺啦、保安宮啦、新竹城隍廟啦……，各寺廟抽來的神籤，請我幫她解釋。或甚至常跑一位據說極靈驗的卜卦老師。我感覺那個國中時期的她，在一暴力化的羞辱傷害籠罩下，會自動當機，腦中一片空白的那個姊姊又回來了。

有天晚上回永和老家，姊姊下了一鍋她自己包的素水餃，好吃到爆！她用西洋菜配小碎豆乾丁，加麵粉；另也做了玉米口味同樣配那些拌料，一咬開，那個餡翠綠新鮮，清爽芳香，我打屁說：「不如妳在網路上賣宅配素餃子吧。」沒想到姊姊真的動了念頭，她先極便宜試賣母親的那些老姊妹淘，據說讚不絕口，但老人訂量有限，姊姊還每位都親自搭捷運送到她們府上（即使就是訂四十顆）。老家裡只有一台老舊小冰箱，冷凍庫一次只能放一百顆，而那些老人訂了一次，之後也沒下文了。

某個夜裡我吃了史蒂諾斯，一個衝動、夢遊狀態，上臉書推銷了姊姊的素水餃，並留下她的E-mail帳號。據說第二天姊姊還去中正橋頭光華寺拜那尊巨大的觀音，並抽了個籤，失魂落魄回到家，一開電腦，驚呼出聲，頁面湧進上百多個訂單。姊姊喃喃說：「這後半生要包水餃包到死嘍。」

她先過濾那些高雄、台南甚至上海、加拿大的，因為根本還不知做宅配食品，要找哪些管道。先消化中永和一帶，或大台北區可以搭捷運約在出口處面交的訂戶，並一封封回信解釋她無法量產及遠距訂戶的原因。兩天後我去中正橋下自強市場買了一台據說「只用了一個月」的二手雪糕櫃，請他們送去永和老家，姊姊將它擺在客廳。然後建立「駱姊姊蔬食水餃」的臉書粉絲頁。這樣算初步布置完成，以後這老房子的客廳，就成為她的「一人包水餃工作房」。她在長條几上擺開切好的蔬菜、菇、碎末豆乾，最重要的餃子皮，她一顆一顆勻實的包好它們，那是一尾一尾有生命的小胖金魚。她開心地去挑揀最好、最漂亮的蔬菜，連這去傳統市場或超市購買那些蔬菜食材，都像蜆貝吐沙把過去二十年在職場受到的傷害、凹陷、扭曲……，全在這童年老屋（窗外院落裡綠光盈滿，有當年父親種下的桂花、木蓮樹、枇杷、芒果、桂圓、木瓜，一排棕櫚，一個藤架爬滿金銀花）修補、療癒。

幸福紀念日

二〇〇一年九月二十三日，那一天之前的十二天，發生了全球在電視目睹的九一一雙子星大樓遭恐攻事件，那一天之前一個多月吧，我父親在中國大陸旅遊時，小腦爆了，我和母親跑去江西把他運回來。所以，那一天，我的小兒子出生的那一天，我惶然，恐懼，不知道第三次世界大戰會否開打？但已確知我父親已經趴下，而我好像也不再能那麼任性，不去工作只寫小說，沒預料的第二個孩子，我和妻可能都被眼前要承受的經濟、體能、時間的負擔嚇傻了。我牽著大兒子去醫院看剛生完小嬰孩的母親，然後帶他搭電梯到頂樓，騎一種投幣後會唱歌搖晃的機器馬，不知為何，我記得那時的畫面，都是灰暗的，光照不足，連兩歲的大兒子都有所感的在那憂鬱空氣之中。當時我真的從內心覺得這孩子是災星下凡，「你看，你一降生，我爸爸就掛了。」

這樣一眨眼，十六年過去了，這個孩子如今國三，今年要考高中了。

我不知道那換日線在何時發生？他出生的時候，我應該是個「不幸」的人，我很難說清楚確實發生了什麼事，或許是我沒有準備好這樣的人生，我沒有準備好當兩個孩子的父親，這很難言明我可能從二十歲起就把寫小說這件事當作聖堂武士般的修行之途，那時我三十四五歲，理應是覺得對小說終於知道是怎麼回事，終於要進入一個小說家一生創作力巔峰的十年之啟始，結果時間也被困住了，而且要負擔的錢像恐嚇信從未來十年寄過來。說實話，那幾年是我人生最常去動物園、兒童遊樂區，或有兒童遊戲的夜市、有兒童遊戲區的百貨公司的一段時光。我被兩個小孩拖著，我知道我再也不可能如年輕時想望，成為一個偉大的小說家了。

但是以小兒子的眼光，他可才不理這一切呢，他理直氣壯地來到這世界，大約一歲大的時候，他還在地上爬行，他哥哥這個階段已經站起來走路了，但這傢伙似乎往演化另一端的爬行類發展，在客廳，樓梯，廚房的地磚，像某種鬣蜥歡快迅捷的爬行，到了一歲三四個月時終於站起來了，我們卻發現不對，整個的O型腿，帶去看醫生，說是一種先天關節韌帶鬆脫，於是帶去訂製一種矯正鐵鞋，腿的兩側有鐵箍，腰部還有皮革的拴帶，看起來很像中世紀的什麼刑具。隨身體的增高要再去訂製新的一副，他三歲不到就進了幼稚園的幼幼班（因為妻那時要趕出論文，否則就畢不了業），被小朋友嘲笑腿上的鐵箍，我們哄他說：「這是小斑馬啊。」他便興高采烈到班上說：「我是小斑馬啊。」

我要到很久以後才領會他那種意興湍飛的性格，是多難得的天賦。我在我的大人世界，容易緊張、害羞、憂鬱，和岳父岳母家人相處，我手足無措；某些場合和文壇的長輩，我焦慮不已；父親在醫院病房的護士，或是該跑的流程，我總疲於應對。到幼稚園接小兒子時，他被老師罰坐在鞋櫃上，嘴巴戴著口罩，上面畫一個叉叉，因為他咬班上同學。我羞愧不已，心情陰鬱的揍他；但下次去，發覺他身旁兩個同樣被罰坐且戴著打叉口罩的小屁孩，說來是被他帶壞了。幾乎都有不同的老師來告狀，阿甯咕翻垃圾桶吃裡面的餅乾，阿甯咕吃了洗手台的洗衣粉，阿甯咕帶假蟑螂把女生嚇哭了，阿甯咕帶甩炮到學校被老師叫去罰站……，他學習1234、ㄅㄆㄇㄈ、ABCD，全部是左右反過來的。慢慢上了小學，他好像總有一群狐群狗黨，在每天上下學途中的巷弄胡鬧冒險，抓各種昆蟲回家養，和附近人家遛放的大狗熟得不得了，我發覺他從在地上爬，抬頭看這個世界，已發展出他無限好奇心去闖蕩的，不斷有不可測細節打開的遊樂場。

我憂心他遺傳了我性格裡廢材的那部分，那一個不小心會成為社會的零餘者。那樣的時光，同輩創作者有兩位自殺，我好像《神隱少女》裡的河神吃著我成長的這個世界的一切髒汙、傷害、廢棄物、玻璃碎片，我不知道怎麼轉身跟兩個兒子說：「睜開眼看這個世界。」我帶他們在不同的夜市，將整籃乒乓球扔去彈跳進前方的玻璃杯，或是將飛鏢射向牆上灌水的氣球，或是拋擲竹圈圈向整片的玩偶、洋酒，更遠一點的模型汽車和機器人。那些顧攤販的男人，叼著菸，顴骨高聳，一臉虛無，我想告訴兒子，在大人的世界，這些好玩，像煙花般迷離的事物後面，其實是這些困苦、無奈的臉。有次在花蓮南濱夜市，小兒子的竹圈圈往天空亂扔，落下時竟套中一個鐵籠的突起，那鐵籠裡關著一隻活生生的小山豬。我和老闆在一種震驚和之後的大人默契，把這大獎換成一隻超大的山豬布偶。小兒子一路哭泣，後來我發怒，用父親的權威告訴他，我們不可能把那隻小山豬帶回家養。

什麼是幸福？

我們在年輕的時候，在人群裡看到了某個美麗的女孩，經過各種羞辱、挫敗、自暴自棄，竟然某個機會，那女孩和你獨處，像一座祕密花園打開，她和你對上頻道聊了許多童年的事。那時你是否覺得這就是你這生的幸福紀念日？或是，二十多歲時，有次和哥們夜遊，回到永和老家，母親來開門，黑暗中睡意惺忪說：「報社來電話，說什麼你投的小說得了第一名啊。」這些隱密的時刻，對他人來說多麼不重要，在你心中卻如指針在鐘面上那麼清晰喀搭聲響。但這些幸福時刻，會伴隨著父親的病，離世，或人事裡總不那麼順利，誤解、犯錯、不需要的傷害，所謂怨憎對、愛別離、求不得、貪嗔癡諸苦，被這些混淆了，迷惑了，稀釋了。

我少年的時候，犯了許多蠢事，學校教官叫家長到學校，我父親是個老派人，他要我跪在祖先牌位前，我想他要揍我了吧？但他只是深深的嘆氣，像最裡面的某個皮囊破了個洞，我看他一臉沉痛，好似非常後悔生下我這哪吒。但我多想告訴他我在那校園樓梯間，小撞球店，冰宮，某個混混的宿舍，我看到的新的宇宙。很奇妙的，我好像是我父親延伸的小宇宙，但他始終看不到我的飛行駕駛窗所見，但奇妙的是，我似乎是從當了父親，才有一種疊套時間的體悟。他的時間不屬於你，但你必須保護他。

於是好像會有個日期，幸福紀念日，他已像一隻大烏賊揮舞足肢，從那時間的透明疊套噴射出去，不理會我隔著時光的感慨。過年時我們帶一堆小孩在橋下河邊放炮時，他是扯著嗓子喊、鬼點子最多的那個，提議大家弄個篝火，把那些蝴蝶炮、仙女棒、沖天炮、龍吐珠全扔進火裡，弄得一片銀光燦爛，所有小孩的臉全被照亮了。

狗日子

大學時住陽明山宿舍，有一學弟偶會來找我哈啦，他是把妹高手，在一種炫耀與感傷的懺情描述，他生命不同時期都有不同性情、特質的女友，很像昆德拉的「生命的鐘面」，每個女孩刻度他不同時期的生命史。我當然聽了又羨又妒，我那時的感情經驗是零，但要和他ＰＫ，突然想起，啊我生命不同階段，刻記著我不同時光截面的，是一隻一隻的狗啊。從我是個小男孩時，永和那老屋就養了不同隻的狗了，一直到我青春期變小混混，到後來住上陽明山爛出租屋，到後來結婚、生子、父親病倒、過世，每個階段都有一批不同的小狗。牠們各自性格迥異，各有傳奇身世，有剛烈如漢子的大狐狸狗（我父親的最愛），有一隻美人心機嬌寵的傑克羅素犬，有我在陽明山陸續拾撿的不同狗兒，我若和哥們聊起這些生命不同時期流逝而過的狗兒們，其實和那學弟懷念他那一個個不同星座的馬子，有類似的追憶似水年華之意義，只是我的故事，真的是「狗臉的歲月」，真的是「狗日子」。我年輕時有過一本小說，叫《妻夢狗》，有一次遇一朋友對我說：「你真的超愛寫『妻』，超愛寫夢，也超愛寫狗!!!」

如果到今天，若我和那學弟重逢了，距我們那時在陽明山宿舍哈啦的二十出頭，又過去了三十年啦，我猜他一定跟我描述的，是那後來更像繁花簇放，不同的女子的幽密的美，那些銷魂、負棄、像《海上花》那些不同女孩的婉轉心思的豔史；而我也可以繼續展開，那之後我不同的收養的狗兒們的故事啊。事實上在我還是小孩兒的時候，有一天我突然想：我之前在天庭說不定也是有來頭下凡的，孫悟空那時在天庭當了個弼馬溫，我肯定在天庭幹過「弼狗溫」，我實在從小對狗就特有辦法。而且就像某些人（譬如曹雪芹這種人吧）天生具有品鑑女子不同器品、鑽石切面之美的能力；我也有好像可以讓不同狗兒對我綻放一隻小狗最珍貴特質的天賦。

我在陽明山住的最後兩年，收養了一隻叫小花的流浪狗。原本是在我們住處再上一點，一處學生宿舍的文大學生在餵牠，但因牠太愛把那些男孩女孩的鞋叼不見，他們就驅逐牠，這狗不知怎麼嗅出我的狗靈魂，跑來賴上我。但牠雖是吃我的，天冷時也進我屋裡睡，但終究是流浪魂；牠常一出門，就是一兩禮拜才回來，到後來甚至一個月都不見蹤影。我那時二十多歲，第一次體會這種愛的懸念和不確定性。我常想若是在牠頭上裝一只小型攝影機，能看看牠這樣的冒險和流浪，一路是看到什麼樣的景觀？有次我帶牠和另一隻小狗在後山陽投公路散步，牠突然箭射出去，鑽進窄小公路旁的樹叢，和什麼東西發生著激烈的搏鬥，過一會牠叼著一隻體積跟牠差不多大，羽翼斑斕，垂著長尾翼的美麗雉鳥鑽出來。我快昏倒了，「小花！你殺了一隻鳳凰!?」有一天夜裡，我和當時還是女友的年輕妻子，開車去文大附近的7-11買消夜，經過中國大飯店附近的大彎道時，路邊街燈暗影下，有一列大狗排隊走著：拉布拉多，德國牧羊犬，羅威那，大麥町——陽明山有許多血統非常好的棄犬——也就是我們撞見了深夜山裡的某個狗幫派的隊伍，但看到隊伍最後一隻，我們倆驚呼「那不是我們家小花嗎？」沒想到牠參加了犬類的黑幫，而且整列中只有牠腿短且身形粗胖，很明顯是這狗幫派裡的最小咖。

還有一次，我朋友上山，我們開車載他們到惇敘高中附近吃鳳梨苦瓜雞，那裡距我們住處開車都要十來分鐘，算頗有段距離。那裡是隨意搭的棚子下，放了十幾張辦桌用的圓桌，上鋪薄塑膠紙，用粉紅塑料免洗碗，除了一鍋小罐瓦斯燒的雞湯，主要是炒過貓、水蓮、山茼蒿這些野菜，桌腳地面一些野狗向不同桌乞食，我順手也就將一些雞肉，丟下給牠們。突然有一隻野狗，我丟牠吃，我的視焦突然聚集，「他媽你不是小花嗎？竟然給我跑來當丐幫!?」這混蛋也是直到我吼出聲，才認出正丟雞肉給牠吃的，是牠主人。

有一次我聽見附近前山公園那，狗叫聲淒厲交錯，想是捕狗隊來抓狗了，心裡也很替小花擔心，等了兩天，牠還沒回來，我已做好準備要去吳興街關押流浪犬的集中營找我的狗了。突然「撲喇」一牠回來了，兩眼發亮，脖子有一條長長的豁口，想是被捕狗隊的用那種鐵絲圈套給箍住脖子了，這個自由魂，脫逃大師胡迪尼，竟還是掙脫了。啊我實在是太愛這隻狗了，牠如果是人，或我如果是狗，我倆一定結拜啊，氣味實在太相投了。對了，有一次我去我們租屋的紗帽山後面，一片種滿茶花的無人山坡找牠，發現一個大坑，裡頭堆著上百隻五顏六色的球鞋，還有女生的鞋子，想當時牠叼了各處的鞋，就來埋在此「千鞋塚」嗎？

當然自由的代價，就是這隻我心目中「為犬當如是」的流浪之王，看遍公路電影的傢伙，只活了五歲多，主要還是中間一次心絲蟲的病，幾乎要了牠的命，那之後就元氣大傷了。

啊我真的可以像一千零一夜，一條一條的狗，說牠們每一隻的故事，說個天荒地老啊。

後來搬到深坑，住了七年，最後一年，已決定要搬進城裡住，那也是租人家的公寓，房東不給養狗，但有一位超愛動物的大姊（她自己照顧超多流浪貓），當時說有一隻跑去他們社區的黑狗，沒人收養就會被捕狗隊抓走，我就收下這隻帥氣的黑狗，我的孩子給牠取名叫阿墨。阿墨是一隻血統非常好的台灣土狗，像黑豹一樣的腦袋，狗公腰，細長的四肢。後來我搬進城，無法將牠這樣的大狗帶去，有段時光將牠孤獨留在深坑那小屋，託隔壁的越南阿姨每天餵牠。我每週會開車回去看牠，但牠的眼神充滿疑惑和哀傷。阿姨說阿墨每天獨自爬牆而出，像孤獨武者練武，在馬路邊追那些疾駛過的車子。有時阿姨下去小街的市場買菜，阿墨會神頭鬼臉跟著，回程時發現牠從魚販那啣的叼一條大魚在嘴裡。後來我的朋友戴立忍導演去住那屋子，重義氣的他便收養了這隻阿墨。有段時光他拍片忙，便開車將阿墨送到台東鹿野鄉，他玩飛行翼時的哥們那裡寄養。有一次我問戴導，阿墨現在好嗎？他說：「你不知道嗎？阿墨成了鹿野鄉第一名犬，牠到鹿野鄉，三天內咬了十四個人，把人家那裡的狗全KO了。還有阿公騎摩托車載孫子，到他朋友家外面，遠遠比給小孩看，那就是那隻阿墨喔。」最後這隻狗的餘生，是在三芝海邊，戴導的老父弄了一片空地開墾，種了數十種果樹，整片菜畦。我帶孩子去那海邊看過阿墨，牠就像長手長腳的武術搏擊家，黑色的靈動的身軀，在那空荒的海邊奔跑，好像每天跑幾公里到海浪沖拍的礁岩岸邊，練習孤獨的武術。

現在我家公寓裡養著三隻狗，一開始是從臉書看到一些動保年輕人貼的照片，收容所裡原本要被處死的一窩小犬。我領養了四隻，妻兒們分別幫牠們取名宙斯、端硯、雷震子、牡丹（都很美的名字吧），後來宙斯託我高雄的好友炮輝收養，我每次下高雄都會去看看那隻美麗的黑狗。牠們都是米克斯，剛帶回來時那麼小那麼可愛，現在手長腳長其實都算中大型犬。我也常在臉書貼一些狗們和孩子們生活的趣事。但我心裡認定這三隻狗是我的孩子他們的狗，每個男孩都有他們自己的小狗。每次我們從外面開門回來，狗狗們的如泣如訴，跳躍或翻倒，那簡直不知如何表達牠們對你的愛和思念，「噢～主人～噢～超想念你的!!」我想牠們真是一種神用愛創造的造物，我真的可以無止境的說下去，關於我的「狗日子」，關於我養過的那些狗們，牠們各自的故事。

我哥

我哥是個流浪漢，他已經五十歲了，但似乎從他三十歲那年（或許大個一兩歲或小一兩歲）就停止了社會化的意義繁殖或根莖狀蔓長了：他至今獨身（我甚至懷疑他還是處男），在一家做德國濾水器貿易的私人公司待了兩年被裁員後，便沒再找過任何工作了。這二十年，有四年他睡在我那中風癱瘓的胖大父親病床旁的摺疊行軍躺椅，被不同醫院當流浪人球趕來趕去，深諳用健保卡和掛號小窗那醫療體系諸般表格、病床缺、勢利的老護士，或這些公立醫院樓層間似乎沒有名字，同一張謙卑笑臉的暗淡群落（那些印尼、越南看護；那些發著酸味的歐巴桑義工；那些掛著點滴和各種管線在輪床上被推來推去的彌塗魚老人；那些像蟑螂出沒在急診室機伶搶急救失敗的新鮮死人的殯葬業者），他和他們打交道，混成雜駁的一群。後來我父親過世，他又照顧我九十幾歲的外婆四、五年吧，直到她也嗝屁。

我對他的印象，這二十年來，他像一隻壁虎趴伏在我母親留給他的那幢山上的頹圮小屋裡，用最低能量活著。不給這個社會添麻煩，事實上也又和這個可能每天眼花撩亂快速竄動的世界沒有任何互動。（你光想想：這二十年死去的名人：黛安娜王妃、麥克・傑克遜、賈伯斯；或是發生過九一一世貿被客機恐怖攻擊爆炸案；伊拉克被美軍攻陷；南亞大海嘯；日本東北地震海嘯及核電廠爆裂；或你低頭用手機觸碰滑動可上網抓三D電影《變形金剛》的智慧手機……，就知道和這二十年的「世界」無關的人，多麼奇怪了。）那個山中小屋這麼多年我沒再進去過，可能已像拾荒老人的鐵皮貨櫃屋裡，堆滿塞爆他四處撿來的壞棄電視、斷腿桌椅、大保麗龍塊、上萬隻各式各樣日本卡通公仔（他是夾娃娃機高手：那也是「西門町無人機台考古地層史」：灌籃高手、keroro軍曹、海賊王、暴力兔、哆啦A夢、火影忍者、Hello Kitty、美少女戰士、烏龍派出所，以及數量品類是以上總和再乘以十的神奇寶貝公仔或扭蛋球）、汽車電瓶、保險桿、奇怪的大型犬的完整頭骨、電力公司變電箱裡的機組和黏了不同顏色膠帶的粗電線；當然還有他從年輕時便收藏的各式幾可亂真的空氣長短槍（有二戰德軍的金屬彈匣衝鋒槍，有「大榔頭」左輪，梨花木長槍托的狙擊步槍）；以及各種日本太平洋海戰的航母、其他艦種模型、戰機模型、德軍各式坦克、部隊、火炮模型……

我年輕時曾以這樣形象的「我哥」，寫過一個短篇小說，並以之得了一個文學獎。

或譬如說，我現在仍然可以在和兒子們完全鬆懈的亂聊扯屁中，像從一片「垃圾海洋」隨興浮出一截沉船碎骸，一串被尼龍網縛在一起的籃球，或是一隻脹大發臭的鯨屍，那樣跟他們敘述伯父（我哥）的古怪事蹟：他小學時曾用一盒撿到的火柴，點燃校園死角一張棄壞的榻榻米，造成差點把一棟教室大樓整個燒掉的大火災。我記得那時那小小校園的操場上，停了四、五輛鋥亮紅漆，像古代有著棘刺盔甲之惡龍的消防車，還有一些穿著雨衣雨鞋戴防火盔的消防隊員。或是他曾經在我們一起在家附近一幢斷垣碎瓦之廢墟，因為和我爭執，舉著拳頭揍我的孤立畫面。或是他曾告訴我，他（變成那樣的宅男，乃至怪咖流浪漢之前的，混沌史前史），曾在大學時期，陪一個把他當「好朋友」的女孩，到中山北路小巷裡的診所，去做人工流產。當然那是和他的世界隔著一道高牆的某個不認識男人幹的好事……

所以，確實在「我」的內在宇宙，有一個這樣一個像線團般緊緻、立體、如壓花或油畫顏料層層疊加，所以只要任意垂下一根棉線就可撈出一冰糖般凹凸結晶的故事雛形（3D輸出列印？）……的「我哥」。那個「故事之海」，必然是一個活生生的經歷了五十年「人生」，懸浮了點點滴滴小貓般或爬蟲類般的孤獨、羞辱，閃焰般熄滅的感動、害怕，想要擁有什麼，在醫院、捷運、大街和那許多陌生人嘩嘩錯身，皮膚祕密泛起的輕微緊張之疙瘩，或是推著輪椅上我那像一具融化冷凍屍塊的我爸，對著醫院的冷酷護士說謊時，腦額葉快速換算該說些什麼，不會被發現是社會的邊緣人、零餘者……，那些樹葉在光影中翻動的「碎時光」的，這樣一個量子態（？）的，不可能是我虛構、妄想症、人格解離症而像鬆塌煙團，或我用馬賽克小瓷磚拼貼湊出的偽「我哥」。

彩券

關於買彩券這件事，我可說在短短這十年內，經歷了一種萬花筒式的、藏密唐卡式的，將許多人一生的夢境全編織進來，濃縮隱喻，像用錄影機遙控器快轉在一個夜晚看完七季上百集的CSI影集，那樣的洶湧、繁花簇放、百感交集……但其實它們只是一些像愛因斯坦和波爾．海森堡這幾個外星高等腦袋在大辯論時的「矩陣數列」。我什麼招式都用過了：我的生日、妻子的生日、兩個小孩的生日、這之間換過的兩輛三菱和HONDA車的車牌號碼、麥可．傑克森猝死那天的日期、時和分、我還叫兩孩子到彩券行隨意各圈選六個號碼、我出國的飛機座位號碼、總統大選兩陣營開票的選票數字、我父親過世的日期、時和分、我還曾打電話叫一個特別好運的哥兒們（我看過這傢伙命盤，他是武曲貪狼坐命，注定有橫發之財）要他亂說幾個數字，我還在彩券行路邊供那些老人或可憐賭鬼簽注的小方几上拾起一張「解夢數字對照表」——譬如夢見教堂代表7，夢見死去的親人代表23，夢見海洋代表16，夢見校園或教室代表12，夢見火車站月台代表20，夢見神佛代表8，夢見老虎代表34，夢見軍人代表35，夢見沙漠代表1，夢見金髮美女代表22，夢見棺木或葬禮代表40，夢見在飛機上代表42——我完全不知道寫這張數字對照表的人是基於何種邏輯或純粹是胡扯，但我也按著這方式簽了好幾注（有一次我夢見瑪麗蓮夢露在一類似墨西哥小鎮的荒涼車站，手絹拭淚地送我上火車，非常慢且車廂至少推了一百節以上的燒煤火車，站在金屬車門框裡跟她揮手道別的我，變成一張黑白照片裡像五十年前就死去的某個傻瓜白人的僵硬的臉。我醒來照著其中的訊息譯碼成那對照表的幾個數字，結果一個也沒中）……總之，像唐吉軻德策馬在曠野馳騁追逐，追逐那些像蒲公英籽透明漫天飛舞的數字，我至今仍是個窮光蛋。

我當然也認命過學媒體上那些煞有其事彩券公司透露出來的統計，大部分那些幸運之神降臨一夜成億萬富翁的混帳，他們都是用電腦選號，而且常常只是經過彩券行隨手就買一注吧（也就是說他們並不是真的玩家），結果就中了。我也沒想過樂透女神是個敏感、害羞、臉會發光但喜歡用她的羽翼遮住眉眼的容易受驚姑娘，你動作一大她就像麻雀或蜻蜓嘩啦嘩啦飛走了。所以我也總裝著若無其事遠遠繞圈子，弄電腦選號（隨機亂數）那一套。我甚至有幾次彩券行老闆聽錯了多打十幾張給我，正道歉要收回作廢，我說不必，就給我，說不定就是這幾張中獎。結果還是沒有一次成功。

如果在這樣立體視覺化成一片浪濤洶湧的數字海洋（我像那些圓鼓鼓胸肌戴著銀十字項鍊的小夥子，半蹲在一塊衝浪板上，海浪像藍玻璃燒融了白玻璃以大小弧圈半包圍著我），加入了我這十年來在大街小巷各家彩券行（通常就是街角一個小爛鋪，後頭供著財神爺，櫃前整齊疊好的紅包袋、雪片亂扔的投注紙，還會放著一隻招財貓或銜銀圓的蟾蜍，或小的財神像，讓這些夢遊般的投注客接過圈選的小彩券，可以在那些吉祥物上「過一過」），那些眼神交會過的老闆的臉，那真可以拍成一部公路電影，他們眼珠子裡譏誚卻假作祝福的光焰，他們或是跛腳或是盲人，有的在那小店鋪暗影中令人驚訝有一具碩大像海獅的身軀，或有些是一對青春少女姊妹花（像檳榔西施畫著螢光冷幻的妝，穿著爆乳裝），當然更多是被這個人世痛擊或羞辱所以臉部構圖不知哪一小部分凹塌或浸染了暗影，但說起「祝您中獎」仍嗲聲嗲氣的不幸婦人們……

設想，作為一個像千年前佛陀悲切仰視著漫眼星空，或是霍金想把我們這個宇宙描繪成一個梨子狀、盤狀、錐筒狀或漏斗狀，那無數的光焰碎屑攪在一起的龐大數字飄散的無垠虛空中探尋、飛行，這些彩券行神龕裡的，被馬路煙塵燻黑的臉孔，不就像隔著幾百萬光年的星雲與星雲間，某顆孤獨流浪的小行星，作為銀河鐵道小驛站上駐守的不幸剪票員？他們或也惘然不知自己為何站在時空中的這個小點，但他們（從他們身前的小機器）每分每秒吐出的數字，不正是宇宙劫毀與不斷變形、痙攣、無情地任它腔體內某一小片大腸褶皺菌落般的星團爆炸，被吞噬進黑洞……那一切祕密的參數？

但其實將這些，我腦海（如果我的腦屏幕是一具像哈伯望遠鏡那樣的時光漏斗）中記憶的，至少上萬間我曾踏查過的彩券行兜擠在一塊，像是將散居各地的某種遺民從他們的街道脈絡抓出來，集中在一個區。那櫛比鱗次，凹凹陷陷，燈火微明的「彩券行礦層」，真的是擠滿人類夢幻妄想、腦漿鼻涕、藏汙納垢、像珊瑚礁孔穴可以上下左右穿梭來去的「諸神的洗腳浴池」：像剝落指甲、足癬、垢皮、細菌、襪子的線頭、OK繃、傷口的膿……在那濁白湯水裡懸浮著這些：「如果我中了，一定買那幢森林公園對面的超高大樓的其中一層。」「我全部的債務、苦難、母親的病、妻子的憂鬱症，就等這次頭獎來救贖了。」「那個美人兒白皙的胯下、豪華的乳房、讓我心碎的鎖骨、綢緞般的大腿……」或是關於一趟無憂無慮旅行的風景：巴黎、阿姆斯特丹、柏林、布拉格、維也納、莫斯科、巴塞隆納、開羅、布宜諾斯艾利斯……豪華火車臥鋪的鑲金暗紅絨布坐墊、異國城市的中央車站或一群人圍著奉承你的酒館、小島上的Villa、妓女、昂貴紅酒和大麻……一種潦草的、十九世紀歐洲人環遊世界的、浮光掠影的鉛筆素描……

戒

我喊她為「我的藥頭」。她總是隔了三、四個月——恰好就是我的安眠藥眼看就將要用罄，剩下兩三顆那細長潔白像指甲屑的神奇力量小東西就要沒了之際——扔一個黃信封在我公寓的信箱，裡頭胖鼓鼓塞了七、八排吧那種國產「舒夢眠」，對史蒂諾斯的替代品。然後傳一個簡訊給我：「別忘了去你的信箱，藥已送到。」

後來我才知道，這些安眠藥，是她一次一次去掛精神科門診，騙醫師說她嚴重失眠，請醫師健保給付開給她的。並不是有什麼熟人或管道，私下一次拿到這麼多分量的管制藥。有一年她父親病危，她下高雄獨自照顧陪伴那獨居老人好幾個月，最後那段時日，她推著輪椅上削瘦頹塌的老人，像打仗和各醫院急診的卡夫卡機關奮戰，那幾個月，她是委託她丈夫，替我去同一間醫院掛精神科門診，不中斷地替我收集安眠藥。

我吃小史（史蒂諾斯）至少已八年了。最後這兩年，不同朋友們人云亦云警告的「副作用」確實開始出現：記性急遽變差（好幾次在演講中途，想說起某幾個於我熟如親人的小說家，但他們的名字，像被用雕刻刀硬生生從腦的記憶檔的記憶體電路板上挖掉了，怎麼也想不起來）；整天昏昏沉沉（像宿醉者）；甚至清楚感到自己變傻了（我國中入學時智力測驗有一四三，算是那一屆全校智商數一數二高。但後來跟著孩子在網路上作一種測智商試卷，發現智力掉到一二幾。我跟小孩哀嚎：「啊，爸爸的腦漿，擤鼻涕時擤掉流失不少啊。」）。但有嚴重失眠經驗的朋友，應知道那種，凌晨四、五點還是完全沒睡意，躺著數羊一、兩小時過去，還是完全「關不了機」，睡不著覺的痛苦，漫漫長夜，像關在水浸泡至鼻孔下的水牢，就只等著塞下一顆小史，像關不了機的電腦，硬拔去電源強迫關機。只有那種時刻，你才能體會，睡眠，年輕時，一躺，頭一歪就自如睡著，那是作為人類最幸福的一件事。

「不要再吃小史了，它是這些五花八門安眠藥裡，直接對大腦神經中樞進行麻痺功能的，美國有醫學實驗，那些長期服用小史的人，觀測他們的大腦表層，某一區的皺褶真的比服用前攤平了許多……」

失憶、智力降低、早發性癡呆……不同的朋友有不同的警告和恐嚇。但我總回嘴：我是個武士啊，引刀成一快，我必須像職業運動員（而他們高強度劇烈使用的是他們的手臂、手腕、膝關節或腳踝；我是必須劇烈使用我的大腦）那樣，需要規律的睡眠，讓鍋爐運轉的頭殼裡的神祕引擎停機、冷卻休息。兩害相權取其較不迫近者。所以我還是理性、精準的用安眠藥，強制性執行我非自然的睡眠。

過去那一年，閉關寫長篇，學習同輩香港小說家董啟章寫長篇的模式，不接電話、不回電郵，極盡可能不答應外頭的演講、評審等等活動。每天下午一定進咖啡屋（或七、八月太炎熱，或像這陣實在太冷頂不住坐戶外吸菸座，就近小旅館「鐘點休息」兩、三小時，在裡頭埋頭寫稿），但非常奇怪的是，我像是螢幕壞了的電腦，整個人光度變暗，畫面變糊，像爬蟲類失去時間意義的夢境，每天只有那兩、三小時強用意志力，在一較清晰靈光的狀態。其餘的時間，不論是和小孩混在一起，或做其他任何事，整個人都渾渾噩噩，像夢遊者雙腳陷在沼澤泥灘裡緩慢、艱難的前進。

沒有意識到是安眠藥的作用。不只一次跟妻或朋友哀嘆：「我變傻了。」以為是提前降臨的衰老（我父親在六十五歲退休後，不，應當是七十歲前後，開始出現阿茲海默症的老年癡呆症狀，但我還不到五十歲，無奈卻又惘惘覺得這是遺傳的宿命，只是來早了）。比較麻煩的是吃了小史後，每個夜晚無意識爬起，將家中客廳、餐桌、冰箱所有食物掃光的「夜晚暴食症」，那使本來就已是個胖子的我，一年內又暴肥了十公斤。

一直到兩週前，我到香港參加一個文學獎活動，第一晚在酒店裡才發現「完了，忘了帶安眠藥」。因為第二天的活動「很硬」，有一場是和王安憶、陳冠中兩位前輩對談，沒有安眠藥，沒有關機片，等於職業運動員第二天有一場重要比賽，卻發現自己習慣穿的球鞋沒裝進行李箱。那夜果然整晚沒睡，第二天在會場昏昏沉沉，不禮貌的轟一下就失去知覺睡著。如此折騰了三晚，終於回台灣時，睡前正要拿起我心愛的小史和水杯時，突然想：「咦，我不是正好戒斷這安眠藥？」也許我只是像時差那樣睡眠時間日夜顛倒了？

僅服用效果極弱的植物草藥助眠劑，這樣睡眠破碎的過了兩個禮拜。有一天我想到：不知從哪一天起，這一年來像電腦被病毒侵入的那樣昏昏沉沉，半醒半睡的狀態，突然消失了。某些白天時光，即使前一晚睡的還是少，我的頭腦卻異常清晰，好像蓋著頭的那床大棉被被拿掉了，一切感官又全面啟動，沒有在藥物麻痺狀態下正常的運轉了。

原來過去那一年，我流進腦部的血液，都浸泡著那指甲屑潔白微粒安眠藥的化學藥效。我一直在醒來後，用功寫稿的這一年許多個下午，其實是在一被「安眠」的狀態。

瞬光

自從五年前我開始玩臉書之後，每個夜晚，我不再像過去二十多年，在那獨自時光讀書，而是掛在網上。我未必是在逛臉書，但真的每個夜晚，好像瘋狂逛大街，流連在那五光十色、各種新鮮資訊的另一個世界。這兩年，我更常掛在YouTube上，有一陣子我很迷《邏輯思維》的那個羅胖，我會因他講到哪個朝代的哪個皇帝，再連上維基百科補足我高中時鬼混，許多原本對我像一團麻花霍亂線團的年代；有一陣子我很迷《中國好聲音》、《我是歌手》這種選秀或PK節目；後來我又入迷於一些軍武大觀，或「太平洋戰爭」、「國共內戰」這一類視頻，現在我可能對太平洋海戰的「中途島」、「瓜島戰役」、「萊特灣海戰」、「馬里亞納打火雞」、「硫磺島浴血戰」、「沖繩島戰役」、「大和艦沉沒」……都充滿細節的理解；關於二戰的紀錄片，我還特喜歡看《史達林格勒保衛戰》，還有《敦克爾克大撤退》；有一陣我很喜歡看「馬都嘟說古董」，對我而言那些知識的啟發，和一些老外拍的，談相對論、量子力學的科普短片，或是一些關於太陽系甚至宇宙不同天體的介紹影片一樣好看。今年初我生了一場大病，窩在家裡養病時，我又迷上台灣一個叫《真的不一樣》的整人遊戲節目，我的妻兒都擔心我變傻，但我那陣真的每天坐書房發出哈哈哈的笑聲；後來我又迷上大陸一個《金星秀》，這位金星是個傳奇之人，她是中國第一個國際知名現代舞者，卻也是個變性人，她的脫口秀嬉笑怒罵，如水銀瀉地，我卻覺得她有種老輩人的道德感和厚道，後來我又看她開的另一檔節目《今夜百樂門》，彷彿重現三〇年代的上海，那種繁華與快節奏，裡頭是一齣一齣搞笑短劇。這同時我還經朋友推薦，在Netflex上看一些影集：《黑鏡》、《毒梟》、《紙牌屋》、《十六隻猴子》，還有一些殺人影片。

朋友或說我口味太雜，但這是在現今這個眨眼就千百萬訊息閃過的世界，我猜所有人都不必是普魯斯特，也會進入一種將時間撬開，往內塞爆無限繁複感受性的觀看這個世界的方式。你就像一匙奶粉撒進腳下的大海，那種溶劑的分散方式，已無從計算，你分碎在這個世界浮光掠影的每一處。但這樣爆量的感受在每秒不間斷進入你的大腦，會不會疲憊？像天人五衰，因為訊息無法再濃縮或增量，無法感到滿足？最近的幾個晚上，我突然對YouTube上所有搞笑、戰爭、灌籃、科學探索、歷史謎團……都不再感興趣了，是否我像吸毒者，因為濫用預支了超額的感官快感，反而失去了感受力？我發現我又點去看一些美國或英國的超級達人秀視頻：一個八十歲的老太太，和她孫兒跳國標舞，在評審百無聊賴按下出局鈴後，老太太和孫兒不可思議的表演了將老太太拋來拋去、甩來甩去的花式特技；或一位男同志，用像白銀般的嗓音，唱出〈Creep〉，全場為之瘋狂；或是一個小學女生吧，拿出烏克麗麗自彈自唱，那天籟之聲讓電腦前的我落淚；有不可思議的魔術秀、不可思議的吞劍秀、不可思議的薩克斯風演奏……，也許佛經裡寫的佛在祂的時光之眼裡，看到的就是這樣一瞬一瞬的閃光？這些神祕的、被賜福的極少數天才，奢侈的只在那麼短的時間，爆出炫目光華。

咖啡屋

她說有天有個女孩來應徵吧檯，銀白染髮，大濃妝，假睫毛簡直像某種雀鳥的尾翼，所有咖啡屋工讀生都說：「這是夜店咖吧？」但其實她和女孩聊得很投契。女孩非常單純，甚至可說是文靜，喜歡讀小說看電影，一次夜店都沒去過。她難免想起近日社會新聞，一位校花級小模，在富二代於豪華飯店房間開的轟趴，吸了過量冰毒而猝死。新聞鬧大了，記者查到老家鄉下，說是非常乖的女孩。這是怎麼回事呢？這些年輕女孩明明不是玩咖，某種像太空船隔離艙的管線，卻讓她們全化妝成性感尤物，臉書上幾個女孩擠在一起，仰角對著鏡頭睜大眼，嘟嘴，全部打扮成芭比娃娃的模樣，貴婦下午茶，揹著金屬鍊的Gucci包。為什麼要化妝成妳原來所不是的那種人？

女孩當然沒被錄取。

有一天中午，她開了咖啡店門，站在門口曬太陽，喝咖啡，一個打扮齊整的婦人，走進他們咖啡屋的小前院，指著樹梢：「欸，這是咖啡豆耶。」她笑著說是，那婦人竟在她眼前摘起咖啡豆，放進自己名牌包裡。她等到這婦人走了，才想起啊這是我們店裡的東西耶。店旁有家窯烤披薩小店，老闆娘是個帥氣的女人，常來她的咖啡屋前抽菸，跟她發牢騷，她店前的排水管，不曉得連接到哪個魔術的次元，每天汩汩湧出臭水，那個腥臭，像是接下來就會湧出上百條擠成團的魚。老闆娘的小孩是個亞斯伯格症患者，小學三年級就畫出一張蠟筆畫，當時有個畫廊老闆的朋友，看了說這是畢卡索啊，這是天才，我出兩萬塊買這幅畫。但後來他對畫畫一點興趣都沒有，非常著迷於武術，他的志願是去當傭兵，為了要當傭兵還去學法文，後來好像真的去考傭兵，沒有錄取。

她總覺得自己在這咖啡屋吧檯煮咖啡，像在一個夢境中的電影，或一部黑白電影中的某個外國。有一個工讀生女孩是個舞者，身體的弧線非常優雅美麗，但待的小舞團對舞者極剝削，女團長是個刻薄的女人，有一次招募新舞者，竟是在他們一次表演後，要求台下觀眾舉手投票，得票最高的即錄取。有個小Gay只得到兩人舉手，當場崩潰哭泣。她聽著也覺得氣憤，但又有種奇怪的感覺，為什麼我會知道這些事呢？舞台上穿著舞蹈服的年輕男孩女孩，像市場不同的鵝，垂翅呆立，聽著人群對自己的喊價。

咖啡屋這種地方，好像就是要製造出「你不是你本來所是的那個人」之效果。這個咖啡屋的老闆，是跟一個九十歲的老阿嬤租店面，老阿嬤身形非常小，也是個菸槍，常踱來店裡跟她抱怨她不孝的兒子女兒。後來阿嬤死了，很怪的將店面所有權交給她孫女，咖啡屋老闆的房租便延續著每月轉帳給那孫女。沒想到有一天，阿嬤的兒子女兒出現了，都是六十多歲的老人，一個是孫女的姑姑，一個是孫女的親生父親，他們和這孫女打官司，順便也把咖啡屋老闆告了。這真是莫名其妙，那咖啡屋老闆是個沉默的人，於是那半年她每到要上法庭，便非常焦慮。

靜巷

這條巷子的盡頭有一間媽祖宮，其實就是一般公寓一樓打掉一些梁柱，布置了神龕、彩繡幃屏、供桌、香爐，屋簷處嵌了金漆描繪鳳鑾或五彩雲霞的檽板，主要還是金光閃閃鳳冠霞帔的那尊女神，和左右她的手下造型猙獰的千里眼和順風耳。從前我小孩還念小學時，我每天接他們放學，總會經過這媽祖宮，我會要他們跟我一樣，恭敬合掌對著神壇上的媽祖拜拜。雖然有點像賣迦的畫，散坐著一些穿背後寫了某某某市議員名字深藍夾克的老人，他們正抽菸泡茶，給人一種黑道人物的氣氛。我們那樣朝裡頭膜拜，一是假裝他們是透明的，我們的姿勢和眼神必須視他們為無物，穿透過去，是在和他們身後那泥身塑像問安或祈願。二是他們和這社區這些春筍般冒出的小學生，或小學生的父母也大多是年輕一輩的中產階級，或陪在小學生旁的外傭，似乎都不是同一個時空裡的人。他們或駝著背，頭上戴著便宜的棒球帽，說是這個媽祖宮圍事的神棍或乩童，也不像。臉孔都帶著種過去年代的凶惡，但如今色調黯淡了。曾有一次，他們在廟前搬桌，封了小巷搭了雨棚，其中兩三個穿了雨靴，在那鄰居幾盆木瓜啦九重葛啦變葉木啦的盆栽旁，宰殺一頭豬。那豬比我童年記憶類似場景曾看過的豬，印象要小些，感覺像一隻臀背寬些的狗，那時我帶著兩兒子穿過那些，盛裝卻顯得老土的，圍桌而坐的阿婆們，感覺她們是從我兒時的年代，不知什麼地方被這些廟裡的竇迦老人召喚而來。有次我在我家公寓樓下，遇見那群老人其中的一個，他踩著輛破三輪車，滿臉酒鬼那樣的通紅，在收破爛（現在的說法叫「資源回收」）。他戴了一副玻璃非常厚的眼鏡，很像那部瑪丹娜男友導的黑幫kuso片《偷拐搶騙》裡，那個總把叛徒切碎餵豬吃的凶殘老大「紅髮阿托」。我沒想到他認得我，像對舊識一般抓著我袖子，要我把家裡不要的舊書舊紙箱舊家具給他。那一帶的巷弄綠樹成蔭，有些台大老教授的宿舍還是魚鱗黑瓦的日式老屋，庭院裡動輒是四、五十年的參天老菩提樹、老麵包樹、老櫟樹。舊磚牆上也光影搖娑爬著夢幻般的紫藤或爬牆虎。隔一個街區，就是後來被炒作起來房價貴不可言的青田街，這一帶的不同巷弄像迷宮藏著許多家安靜、美麗的小咖啡館。在那媽祖宮斜對面——其實是和這巷子垂直的小巷的門牌了——其中一戶公寓一樓，住著一位中醫。據說扎一手好針，絕活全是從他父親那傳下。沒有任何招牌，但他父親是三、四十年前台大老教授們口耳相傳的神醫。老先生不在了，兒子挑下那些苦苦哀求的老病人的續命場景，但真正想當的是畫家。我原先根本不會走進這雖兩百公尺距離，鄰居的神祕客廳。因為我的研究所老師中風了。每個禮拜四晚上，遠從淡水，由不同學弟妹們接來給這神醫扎針。是以我隔個兩三週，總得繞過去，看望一下受難而努力在復健、和自己歪斜身體對抗的老師。不誇張，那個夜晚的尋常公寓客廳，真的像一個故障神祇的祕密修復中心。我的老師，頭頂插著一排針，太陽穴、眉間、臉頰、後頸，一路到手臂、手腕、指尖，到小腿、足脛，銀光閃閃，像科幻片機器人被接上複雜的迴路天線。大沙發的對面，是另一個歪癱的老人，號稱台灣電影評論教父的，由孫女陪著，也是滿頭滿臉銀針之陣。坐我身旁閉眼任那針如刺蝟（好像不是被扎，而是她正運勁練一種神功，從整張臉的皮膚下，冒竄出上百根水銀液態的刺鬚）的胖老太太，是劇曲界的老前輩，連我的老師都喊她老師。你感覺這被藥櫃像峽谷包圍，藥櫃上擱著一幅幅那志不在醫術的神醫的小張油畫（看來頗平庸的一些風景畫：台灣各地的廟埕、小火車站、稻田、停泊著漁船的海港、老街……），這些說不上哀愁，只有一種停頓在自己無法作主之壞毀的平靜老人，非常像才從某一場慘烈的大型神魔戰役，中了敵方的烈焰或黑魔法，翅膀燒折，胄盔扭凹，肢體也被截斷……各自歪靠著接受醫療系忍術的修復。

吃東西的房子

有一次去北京開會，主辦方安排住在近郊一處「溫泉度假村」，非常怪，感覺那是一荒僻無太多住客的很大一片地，一棟一棟仿歐式小屋，房間非常大，太大了，裡頭還有一個幾乎就像人家正常旅館一整間房，那麼大的溫泉池。我躺在空蕩蕩屋裡大床上，拿遙控器打開對面牆上的電視，感覺像在走廊這端看盡頭的屏幕。這麼大的房間，卻沒有書桌，沒有閱讀燈。屋裡的裝潢也頗粗陋，感覺應是一家五六口人住這房間，大人打牌小孩玩水的平價度假村，一個人住裡頭，真的有點像鬼屋。

因為第二天評審，要看大批的稿件，那屋裡的燈全是青慘的弱光，我躺在床上（上頭有盞燈）湊合看那些稿，愈看感覺字愈小，且眼花形成重疊翳影。後來便昏倦睡去，醒來後，無論如何都找不到我的眼鏡。我在床邊小几找，床上找，地上找，後來想是否之前洗臉或上廁所，遺放在盥洗台上，頂著大近視，半用手摸，把浴廁翻找一遍，也想是否剛亂坐在沙發區，忘在客廳……，屋子太大，眼鏡不見了，光線又灰濛濛的，那個恐懼，真的是記憶像冰糖那樣脆裂了，若有監視器拍著這屋內，會看見我滑稽的趴在地下，這邊那邊的爬著。我真是怎樣也想不到，會在逆旅中，把眼鏡這小小的貼身之物弄丟，而且是在這屋子裡。

每個角落幾乎都摸過找過三四遍，當時我心中恐懼的想：「媽的，這屋子是活的，它會吃東西，把我眼鏡給吃了!!!」

當然也會想，是否眼鏡就戴在臉上？一摸當然沒有！否則會一直在那霧濛濛的恐懼中嗎？我甚至還進到那超大溫泉池裡，摸索池沿周邊，這已對自己記憶失去信心了，明明我之前沒走進這溫泉池。那個感覺真是恐懼，近似我年輕時，有次在山裡飆車，要去找一個朋友，那段路算是頗熟的了，卻在一片密竹林和荒廢矮牆間的小路打迷宮，轉來轉去十幾趟了，最後總回到原點，一間土地公廟。我當時心裡想：「遇上鬼打牆了。」傳說中登山者若在山路遇見一沒有身體的長滿毛的腳，從眼前蹦跳而過，那就必然迷失方位，發生山難，因這就是遇上魈，也就是山鬼，必然在山林中「鬼打牆」。

當然放棄之後，又回頭淺眠，醒來，手往床頭櫃一摸，眼鏡就在那兒。

其實這不稀奇，另一次，同樣在北京，我已在機場要飛回台灣了，登機前發現我那支胖胖的iPhone3不見了，整個超沒安全感，因為我連手錶也沒有，平時看時間都是直接手機上看。通關後在一咖啡屋讀本書，讀一小段就要請問服務員現在幾點了。時間感完全漂浮，又怕錯過登機時間。回台灣後，寫信請出版社編輯幫我問住宿飯店，有沒在房間撿到一支手機？回信是沒有。總之，我去買了一支最便宜的諾基亞按鍵手機，重申請一張sim卡，其實我平日也沒用手機上網，比較麻煩的是所有朋友的電話資料全沒了。那期間我有一個活動，在華山藝文特區，到了現場發現那場地空無一人，我在那一棟棟老建築間跑來跑去，找不到會場。拿出新手機也無法打電話問相關人等，後來是打給我老婆，請她打給出版社的大姊，再輾轉請她問到主辦方，原來弄錯時間，活動是一周後。

最扯的是，幾天後，那時是冬天，某天我手伸進我那外套胸前一斜口袋，摸到了那消失了快兩周的，我那胖敦敦的iPhone3手機，我發誓我當時在北京機場發現它不見，整件外套裡外翻了個遍，而且通關會做金屬檢測，回到台北家中我又仔細翻找了五六遍吧，而且我每天穿著這件外套，我的香菸也是放這斜口袋裡，每天手伸進伸出不下十來遍吧？從沒有摸到它的觸感，口袋也沒破，在那段時間，它絕對是不見了。那是怎麼回事呢？我跟兒子說，我的外套口袋是蟲洞，這段時間，胖手機漂流到另一個次元的宇宙，現在它又從半人馬星座漂回來啦。

北京

從二十八樓觀景窗往下望，有個湖泊，樹影參差掩映，湖心兩條金龍對峙，軀體各八九個波浪起伏平整而傻，日照下像兩條碰頭的蚯蚓，鱗片金光燦爛，一看是遊樂園最粗糙的搭架塑膠殼加油漆，像放超級大的灌模便宜塑膠玩具。一種葛林小說裡，那些令人沮喪的所有人在一廉價粗俗，蒼蠅舔融化冰淇淋，遊樂設施皆有鐵鏽及小孩尿騷味的遊樂場。但到了晚上，我突然被同一景點的意外魔術所驚豔，一開始是我憑窗吸菸時，發現在那兩條白日裡醜到不行的假龍，在它們身軀上方各噴湧十來注巨泉，當然那是老梗的所謂水舞，霓虹燈光錯幻變色，水柱朝天空沖射到不同高度，水再呈斜墜扇形垮下，隔著隔音窗隱約聽到擴音喇叭配樂的圓舞曲。問題是那將湖水抽汲打上天空的幫浦太夠力了，隨著音樂愈往結尾愈堆疊華麗、激亢，那電腦控制各泉眼間像列陣蜂炮，此起彼落，忽噴忽停的（舞步）節奏愈快，且中央那注主噴泉愈噴愈高，從我站立的高度，竟有一種「哇如果真的這飯店高樓層失火，他們是可以把水柱噴到這個高度」純視覺上的震撼。且曲終前最後一刻，所有的噴泉全嘩嘩（真的聽得到水聲）噴到那樣的高度，然後驟然收滅，燈光全熄，一片黑寂，隔著這樣遠距，我竟然在目睹這典型共和國式誇耀強大的嘉年華水舞後，眼睛像剛看完漫天煙火爆炸，感到自己唇乾舌燥，心跳不止。

似乎在光燄後短暫的視盲時刻，那兩條又假又蠢的醜龍，湖畔暗影裡竟有一種神獸的流動感。但第二天白日再往下看，還是殺風景的兩條粗俗塑膠玩具龍。

靠六線道大馬路旁，有一條傍著的非常寬直的運河，水呈墨綠色，但我竟看到兩個男人，一前一後，在那河道上用蝶式大張臂奮力游泳。我這樣鳥瞰下去，他們小小的身影和那不成比例的河道的巨大，讓人產生一種絕望感，似乎他們在用一種豪氣在拚命，像巨人的護城河裡掙扎的小螞蟻。而跨架那河道上一座人行天橋上，擠著一排一樣小的群眾，觀看著他們在那浪裡白條，一次一次張臂讓強壯的胸膛衝出水面，再沉下去。

有天和前輩S一起搭出版社的車，在北京路上悠啊晃啊找路，北京的路我永遠無法在腦中建立一虛擬定位地圖。車窗外灰濛濛街景，雜遝快慢晃過的兩截老巴士、自行車，黃黑色小的卻最昂貴的進口跑車塞在車陣裡也被那漫天塵沙給弄灰了。一個路的斜弧歪頸，或一座矗天擋路的巨大古城樓，還有那些翻翻嘩嘩的菩提葉，你好像就被一種浮躁但又荒蕪，充滿馬糞球味的老時光給罩在裡面了，像豁一小角唇的瓷杯裡蹦跳但終於得停止的骰子。

結果我們的車被一載磚人力車撞上車側，S先下車進胡同他接下來要住的賓館，我站那胡同口陪師傅，一堆北京老爹們超愛圍觀，七嘴八舌，那個撞上我們車的是一外省來的民工穿著沾滿粉塵的迷彩軍褲和一工作襯衫，一臉遇到狀況就完全關機，此事與我無關的茫然表情。

我們的師傅先下去幫他把人力車推到斜坡上，幫忙用磚煞住兩後輪，然後說：「車我也幫你擺好了，現在看怎麼辦吧。」車的右後腹側鋼板被撞凹塌，烤漆也刮掉一條。老爹們嗡嗡嗡的評論著，但我覺得大家似乎情感上都站民工那邊：「他能賠幾個錢？」「哎，改革開放喔……」確實這事件的中心，視覺上太鮮明是階級對立了，人行磚道樹蔭下一個露天修自行車的（滿地散著補胎膠、扳手、螺絲和卸下輪的倒放骨架）笑笑對我們師傅說：「我說您把車再往後挪挪，我怕我這一用力一旋，這螺絲不長眼飛了打到您這車。」倒是沒說「咱可賠不起」。

我在一旁吸菸怕引起圍觀人們的注意，因我的外貌氣氛跟他們太不同了，甚至若我一開口他們定然問我「哪兒來的？」我也不可能跑進去說：「師傅，算了吧，這修車錢算我出吧？」那似乎粗暴羞辱所有人。

後來有個警察騎著HONDA重機車來，那警察也很有意思，笑笑的，長得有點像林子祥，沒有火氣。他和他們講的是一樣的語言，講話像茶館裡說戲，用整個胸腔以上的部位發聲「怎麼回事啊你給說說？」他們好像彼此都很瞭各自的角色。我想這樣被圍觀的局對他應很棘手吧，但他一派悠哉，知道自己是這齣光塵漫漫街頭話劇的最要角兒。他先眼角一瞥先走下快車道安全島邊一輛停著也看熱鬧的廂型車給開了張單（北京人真的太愛看熱鬧了），所有圍觀人臉上全晃開一種會意的貓臉的笑，有點感同身受，卻又有點幸災樂禍。「唉倒楣不關他的事，他也在那湊啥呢？」連被開單的送貨中年人也一臉小學生被罰出列的頑皮裝老實笑臉。或許這背後時光篩洗，原本是公眾輿論市民，鎮壓群眾的穿老虎皮的，或權富欺凌窮人的化石岩層，但在這個所有歷史如夢灰塌掉的此刻北京，所有人都像大亂鬥後的貓們，看起來懶洋洋保持距離的兜圈觀望。

然後查那民工身分，果然查不到，老大爺們就跟他說你快走吧！又七嘴八舌跟警察說理、撒嬌，但那師傅人也是正派的，我和出版社編輯勸他算了，他說就是被那些圍觀的人激的，主要是爭個理兒，有點怕我看左了他，隔一段時間就打根菸給我。

我站在他們之間好興奮喔，後來警察也來勸師傅，算了吧他頭兒來能賠多少錢，是不是，後來我們先走。之後那師傅說他讓那民工的老闆賠二百元，修車遠不止這錢。但北京人好像就要虛張聲勢把戲演完。

時代的病

生了一場大病，把一些活動都推了，遇到一位昔日老師，非常痛惜的斥責我：「你根本沒有真正的生活。」說來我這代創作者，年輕時深受西方小說吸引，像是土法煉鋼想造出和遙遠異國一般美麗的飛機，十年二十年下來，寫出什麼離當初夢想差異甚大的東西，好壞先不說，非常奇怪的，幾位同齡的小說家，全在五十之交各自生了奇怪的病。

「所以是這整套西方的思維工具，其實是會反噬，傷害實踐它的人？」

以我而言，三十年來，一天三包菸，長期埋首桌前，閱讀寫作，這幾年的肥胖，實因失眠，吃一種叫史蒂諾斯的安眠藥，七八年下來，大腦產生抗藥性，吃兩顆、三顆還無法入睡；最可怕的是，這種安眠藥吃了後會有夢遊之症，我的模式是起來將家中所有食物吃光，一個夜晚在無知覺的狀況，可以吃掉兩盒二十支冰棒，或整包沙其瑪，便利超商買來的布丁和果凍，甚至是泡麵。說來這一切像是連環套，白天我則長期在咖啡屋寫稿，一個下午喝三四杯拿鐵咖啡。我的老師說，我這樣其實就是在堅定執行著慢性自殺，好像在一個西方文明的景觀中，持之以恆的創作，但其實所有進入身體的都是毒。這幾年我先後幾場大病，但都是調養修復後又開始上工，這幾年我又迷上掛網，感覺這個世界確實像吸毒者的世界，焚燒內部燃料，貪戀繁華與激光，任何事物都是向無有之處提取借貸，精神上是這樣，其實身體也是。這很像「疾病的隱喻」，現代小說似乎可以視時間、視覺限制、人類學式各種精神變異、或以咖啡屋為都市流浪傳奇的收集站⋯⋯，這或是一種浮士德的魔鬼借貸，但並不給予創作之人一種生命的和諧和靈光，而是像廢棄汽車廠的金屬疊堆和擠壓。創作者坐在咖啡屋的小院，時而伸起鼻子聞時代的空氣，因為時代的訊息混雜在二氧化硫、北方飄下的塵霾，或是電訊波裡。

當然也在台大醫院作了各種檢查，我的老師帶我去泰順街給一老中醫把脈，開了藥方，連續煎了幾服藥湯喝了。我每晚和妻子去附近公園走路，也努力把夜晚暴食戒了，甚至每周去給一位傳統師傅踩蹺，踩我大腿小腿肚的心經腎經膽經；但這些似乎不夠，我的老師要我這兩三個月根本放下寫作的念頭，主要是從那二三十年養成的鏈齒狀規律中脫離出來。事實上，這一陣不寫作，我的抽菸量從一天三包減為十根。說來現代的創作，其實很像每天不為人知的內在暴動或燃炸，很像在燃爆氣缸以輸出那「跟得上這世界崩解速度」的運轉。我的老師叫我把這一切放下，很像一個長年征戰的桌球選手突然退休，腦中的尖銳感像幻肢感揮之不去。這或開始體會我老師說的「你沒有生活」是什麼意思。

老師要我每禮拜搭捷運到北投國小對面，據說那有一溫泉是清白湯，對身體有療效，又帶我去昭和町一些賣舊骨董、茶具的小店，和那些店主阿伯泡茶聊天。他們都很慷慨地拿出極好的普洱或老茶，泡給我們喝，一邊講著粗茶淡飯的養生哲學。老師低聲跟我說，其中一間堆滿佛像、瓷瓶的店，他跟他很熟，但全是假的，但不能當面說。喝茶，學習喝茶，和我在咖啡屋自坐一位抽菸寫作，喝一杯拿鐵不同。這些人很懂喝好茶，確實我喝了，覺得五體舒暢。喝茶一定得跟這些市井高人哈啦，感覺他們很像魏晉之人，閒談，討論養生，憎恨凡俗瑣事，一個破爛的舊市集感覺臥虎藏龍。一個阿伯從玻璃櫃拿出一塊非常美的檯木，說要九萬塊，拿那木頭貼近鼻子要我聞，真香！說有錢人買去成天抱著睡覺。不像你還要吃西醫開的安眠藥。我感覺他們都不信西醫整個體系，他們有一種中國文化的讓速度慢下來的一切，看起來確實各個仙風道骨。

在我年輕一些的時候，我在這城市的巷弄裡穿繞，似乎潛進窺探那些他人的身世，像個貪吃的食夢貘，有一天，這種隔著距離、大量碎片的感官，終於像細細碎碎的金屬小蟲，將我內在臟腑蝕啃千瘡百孔，似乎又是在這些巷弄穿梭，找尋修補的方式。

・失・落・之・物

我年輕時開著一輛破車

我年輕時開著一輛破車。那車是我父親拿他退休金裡的一部分給我買的。我想他可能一輩子都沒想過會買一輛車——雖然是買給他兒子的——在他活著的年代，別說網路、手機了，連ATM這玩意都沒發明出來。他沒搭過捷運。他從年輕到老，遠程旅途或近一點就從城市的這裡到那裡，總是灰撲撲的混在陌生人群裡，搭公車，或火車，慢慢搖晃，也不會心急或有將那路程或時間縮短的念頭。所以那雖是一輛已經十來年歲數，里程表上的數字已十五萬了的二手老車，他還是興致沖沖，帶著我，像趕集去挑匹騾子或馬，那樣的大事趕赴那他同事介紹的車行。

當時我才十九或二十歲吧？我的朋友都是騎機車，但我母親曾拿我命盤給一算命的看，那術士硬說千萬別給你兒子騎機車，他的命格有騎機車被撞，死於非命之兆。這我壓根兒不信，但經過蝴蝶效應，最後的結局是我那經過抗戰、剿匪、逃難，一輩子清苦節省當老師的父親，要買輛車給我，這還有啥好抱怨的？

那是輛喜美一．四的灰漆國產車，沒有屁股，兩個照後鏡還在引擎蓋最前端，出廠年分應在一九八〇年初。連我們父子倆不懂車，沒見過世面，都看得出這車破爛得可以。就當你是到自強市場橋下的舊家電商店看那些二手冰箱、冷氣、電視，你也看得出一件被時光淘洗，滿身鏽跡和臭味的物件，它其實該被報廢送進垃圾場，是這些工人將它勉強清理、修整過，便借屍還魂再撐最後一次，看有沒有機會當成商品。

「七萬八。」那車行老闆是個痞子，我父親根本是個不會講價的，像商量似的問，能否再便宜些吧？但老闆鳥都不鳥，埋頭整理一旁另一輛引擎蓋打開，同樣破舊的車。

我和父親，像心疼的撫摸著自己將要買下的那頭全身癩痢、牙齒不全、腿瘸獨眼的小毛驢。把我們那輛灰色小破車，逐一打開車門，拍拍椅墊（全是一股霉味），用手搖桿搖起車窗，再搖下。按下雙黃燈按鈕，那閃爍的眨眼燈，讓我們驚奇，似乎它又宣示著自己是一高科技產物了。

「好吧。那就這樣吧。」我父親付了一疊鈔票。我發動引擎，照駕訓班學考駕照那時的記憶，打檔，放手煞車，輕放離合器，聽到油門輕踩那車的蓬蓬聲。內心非常緊張、激動，載著我父親，將車滑出那車行，慌亂的行駛在馬路上。

那車內的音響放出非常大聲的台語歌，我們父子驚嚇中，手忙腳亂，在儀表板下方的按鍵東摸西旋，才把那車廂內的音樂關掉。

那真是個奇妙的經驗。我們那個年代（九〇年代初吧），台灣剛從一個貧窮、灰暗的幾十年，像嬰孩從產道艱難分娩而出，在我們家的客廳裡，每一次父親從外頭帶回來的電視、冰箱、電唱機、後來的錄音機、甚至一台金屬殼電風扇，甚或他書桌上放的一只金屬打火機，對我們而言，都發出一種未來世界的光輝。沒想到有一天，我是這樣開著車載著我父親在大街上跑。你進入到一個原始身體和這個世界之間某個夾艙，你操作著一些系統化了的動作（包括右腳變換輕踩油門或煞車，左腳時不時輕微的放鬆離合器踏板，右手隨時將排檔桿上下左右切進不同的檔區，眼睛像禽鳥那樣快速注意車窗前，速度裡各種物件的變化，或照後鏡看著車身兩側及後方……），那是一個奇怪的，和這個世界的接觸方式。

大約十年後，我身邊所有的朋友，其實也並不有錢的，但在入社會後，大抵都會用分期付款買輛車。那是個「人人都該開輛車」之幻覺年代，他們會比女人買包買鞋買衣服還龜毛的，在汽車雜誌上仔細比較不同幾款車的功能，配備（其實也就是四、五十萬的國產車）。這時車子的外貌比起我那第一輛車的年代，真是不可同日而語。漆色鋥亮，車前燈、車體的弧線，莫說車內冷氣已是基本配備（我那第一輛車根本沒冷氣）、電動車窗、自排、ABS、真皮座椅，又十年後，他們討論的是電動點火、電腦儀控、倒車雷達……

我現在沒車了。應該有四、五年沒碰過車子駕駛座的方向盤、排檔桿、油門和煞車了。我不知道現在我坐上車子駕駛座，還記不記得怎麼開車，但我那時得到了第一輛破車，在陽明山飆駛，那個囂張、率性。那車行老闆甚至沒告訴我車子每五千公里要做一次保養。以至於我那樣傻頭傻腦開了很一陣，有一次就在高架橋上車子冒煙、爆炸，停下不走了。

我記得，有一天，我和哥們開著那爛車，到士林夜市——二十多年前那夜市並非現在的模樣，就藏在一巷弄圈凹裡，火光晃亮的各小攤——將車停一廢河道，無人管理，但停滿車的荒地。我記得我們要走出那停車之地，腳下踩陷進一窪一窪的泥濘、水池，跳過有鴿子屍體的芒草堆。但等我們從夜市回來，發現我的車子被人撬過了。車門鎖被破壞，甚至關不回去。車無什可偷，除了一個小抽屜裡的零錢被拿光，就是那台音響主機被拔走了。椅墊上全是泥漿腳印。我想像那竊賊在車內小小空間，邊摸索邊罵：「X老母，偷到個窮鬼。」比較可恨的是，我留在車上的書包，整個像開膛破肚那樣，裡頭的書、稿紙、信全被扔在車旁的泥水裡（應該是倒過來用灑的，罵：「什麼值錢的都沒有。」），書包也變癟癟的，吸滿了那些髒水。那對年輕的我來說，像是世界那麼無意義的侵犯、強暴了我。我那麼貧困、單薄，竟還被這麼粗魯的劫掠。最痛心的是，亂灑在泥漿上的其中一疊信，是當時暗戀的一個念哲學系的學妹（她有男友），持續一、兩年寫來的信。那個年代，每封郵票上蓋了郵戳的信封裡，都是厚厚五、六張信紙。信裡跟我談著胡塞爾、海德格、伽德瑪、德希達。她一封一封被我整疊用橡皮圈紮著，藏在書包裡。那時卻被四散亂扔，浸濕了黃黃的泥水，沒有路燈，似乎那時的城市還有月光，黑影中四周全是金屬汽車的輪廓。我好像第一次體會、理解，我們活在這城市裡，終會失魂落魄的沿途丟失重要的東西，它或是以玷汙的形式，或是以不那麼醜惡的形式，或是，當你開始回憶、回想它們時，那些東西早已遺棄很久很久了。

丟了一隻小狗

我小學三年級的時候，家裡養了一隻叫小花的狗。牠是我父親帶回來的，好像是我父親的老師，一個國大代表家裡原本養的狗，據說血統很高貴，叫傑克羅素犬，以前是英國皇室的獵狐犬。但因為這位老主人要搬到大樓住了，不能養狗了，就把牠託給我父親。我父親不太喜歡這隻狗，當時牠已十幾歲了，是條老狗，從前養尊處優，來我們家還像個大小姐面對賤民，牠會在客廳亂小便，我父親是個脾氣暴躁的人，揍那狗，牠還要咬他，於是我父親愈不喜歡這狗了。

但我們小孩都非常喜歡這隻小花，她好美，眼睛是像藍寶石那樣流動的，高貴的顏色，全家牠也最戀我。但那時，我做了一件非常壞的事。

那個年代很窮，有一天，我在家裡發現幾個水蜜桃罐頭，可能是父親的學生送的。那對我們可是夢幻逸品啊，我們好像只有個那樣一碗盛在冰涼糖水裡，像流動的蛋黃，那樣金色發光的半囊，母親再將它切成四分，她和我們三小孩一人就那麼一小塊。那個入口即化、柔嫩、甜蜜的外國罐頭，真是我那年紀，心目中的第一名想吃的高級東西。那次我惡向膽邊生，偷了其中一個水蜜桃罐頭，但當時這種罐頭都還沒有拉環易開罐的設計。我也拿了家中的開罐器，但我那年紀，還不會用開罐器將罐頭，沿著邊一下一下，割出鋸齒狀的蓋子，把它橇開。我只會用開罐器將那罐頭上面的鉛皮，打兩個三角形的小洞，把那水蜜桃罐頭倒傾對嘴，痛苦又甜蜜的吸吮那湯水，但吃不到裡頭的蜜桃。然後我將它藏在沙發下，想下回再想辦法來撬開它。沒想到不知怎麼那罐頭倒了，那黏黏的湯汁從沙發下流出來，我父親下班回來，踩到那灘黏黏的糖水，他認定是小花又亂尿了，拿棍子痛揍牠，而小花大約被打得莫名其妙，就要咬我父親，我父親那天可能在學校就受了啥委屈，情緒本就極差，一怒之下，就把小花趕出門去了。

　　那整個過程，我非常害怕，整個家裡只有我知道小花是冤枉的，明明是我偷拿的水蜜桃罐頭流出的湯液，但我卻不敢跳出來為小花申冤，承認那是我幹的壞事。但我太害怕了，我什麼都不敢講，眼睜睜看我爸把小花趕出門，那夜恰又是大雷雨，第二天我們開門，小花並沒有在門外，牠不見了。我記得那時我那麼小，心裡卻有一種陰鬱、悲傷的暗影，好像是，你這個人沒救了，沒希望了，害了自己心愛的狗，不敢幫牠挺身而出，承認是自己幹的壞事。我記得我沿著永和我家那一帶迷宮般的巷弄找著，一邊喊著「小花，小花」，後來找到河堤邊，經過一片大運動場，許多人在繞著跑道轉圈。再往靠河邊走是一片荒涼的芒花，那裡已經人跡罕見了，再深入走，就是常有小孩在那淹死的溪流。那時，我看到溪的對岸，沙洲上，坐著一尊好高好大的山神，祂穿著古裝冑甲，戴一頂武俠片那種黑斗笠，祂的臉是像流動的翡翠那樣的綠色，頭髮也是古人那樣的長髮，而且也是流動的綠色，祂身上的每片冑甲都帶著綠鏽，祂很巨大，但是半倚在那河邊，斜倚的一隻手還按著一柄翠玉般的古劍。我覺得不可思議，一旁不遠處是福和橋，那橋上的人車不可能沒半個人看見，這尊巨大美麗的山神啊。祂的眼睛是單眼皮，那是一張神的臉啊，祂盯著那時那麼小的我瞧，然後對我眨了下眼睛。

純真的擔憂

那時還那麼年輕，我開著一台破車，和年輕的妻（當時還是女友）一個臨時起意，從台北一路往台東飆。那時兩人身上加起來恐怕沒四千塊，打算到了台東，住那種過了晚上十點可打對折的小旅館，回程則去住她在花蓮的朋友家。但或就是錢包底淺，心裡難免沒安全感，一種下意識的剋扣，車子的油表浮標總是到了快見底，才心不甘情不願地轉進公路邊的加油站。這於是差點出紕漏。

花蓮下台東有兩條路徑：一是沿海公路，繞比較遠，但海景極美；另一條是走山線，其實也非常美，但主要是經過像池上、鹿野這些一片粉綠的田野。年輕人精打細算，看了旅遊指南，決定走山線，台23線富東公路可以拐上山路，那一段叫作「小天祥」，想風景應可以和蘇花公路的崎嶇險麗媲美，之後會在一叫東河的地方，轉上濱海公路，而那裡離台東市區不遠矣。回程則全走海線。這樣的設計，可說兩種不同風景都收入眼底，且可能還比較省汽油。

於是一路狂飆，走北宜「九彎十八拐」蜿蜒山路，過蘭陽平原，上蘇花公路，那個美景和險惡不像在人間，年輕氣盛，那大回彎下面就是萬丈懸崖，但被一列夢中甲蟲的大聯結卡車車隊擋著，我腳下油門和煞車快速換著踩，唰一下閃在對面車燈狂閃喇叭大響之縫隙，超過車去。年輕的妻嚇得臉色慘白，一直罵我，但實在這車窗外的景色太美了，她好像也被這樣的近乎飛行的快意給感染。經過花蓮，往山線的平直公路疾駛，那時已瞥見儀表板的油標快觸底了，但總像印象派畫作，在那因奔馳而變斜筆紛亂水彩的風景，閃過加油站，心想「下一家再進去加吧」，這樣一路晃過四五家公路加油站。

等我們轉上那山隘口，開始在「小天祥」的險陡小路盤桓上坡，才發現錯過了最後一家加油站，而這個幽僻的山谷裡，感覺除了我們，根本沒有別輛車。這時儀表板亮起了一加油箱圖案的小紅燈，警告我們這輛車的油所剩無幾，當時還不是手機普及的年代（我也是一年後去上班，才買了那年代人人配備的B.B.CALL），我們愈爬坡，愈恐懼在這荒山裡，油沒了車拋錨該怎麼辦？

對了，我記起要轉進這險峻山路時，還有看到一指示牌，這個山區，下午五點後就全境封閉。當時大約四點多，但那段上坡路比想像中要長許多，感覺我踩下油門，從排氣管噴出的廢氣，充滿一種快要沒油的喉嚨枯竭的咕嚕聲。年輕的妻非常擔心：「怎麼辦呢？」那時深深感到年輕、貧窮的悲哀。我們會陷入這險境，不就是因為年輕無經驗，且又窮，憋屈省小錢，卻把自己拋入更大的危險。我雖然也很恐懼，卻安慰她：「沒事的，我們會平安開出這山谷的。」

終於到了山頂，開始變下坡路了，也就是這時沒油也不怕了。但我做一極危險的動作，就是把車放空檔，只用煞車調慢速度，讓車像雲霄飛車那樣，在彎道間下滑。妻的臉因恐懼而變銀箔色，但年輕的她不吭聲，相信我的處置。天慢慢變暗，我想那是我這生用最快車速，像彎道賽車那樣邊打滑邊快衝的一次。我們真的在快到五點時衝到山下的隘口，而且再往前開幾百公尺就出現一家加油站。不久我們看到半明半晦的太平洋，兩人開始大叫大笑，沒想到真的把剛剛那噩夢般的險境度過了。那時我二十八歲吧，年輕的妻二十六歲。那個天慢慢暗下來的山谷內迴旋，好像被甩在好多年好多年以前，後來我們又經歷了好多事，再也沒有那麼年輕時光的純真的擔憂了。

失落之城

那年代的台北，還有公車票亭、電話亭——那個分布率就像現今的7-11、全家便利超商，或是那年代怎能想像的ATM自動提款機——前者還賣菸、報紙、雜誌，或一些冰飲零食。台北的公共汽車，漆成一種蛋黃的黃色，計程車則有紅色或青色，印象中偶會出現一些美軍吉普車，或前引擎圓弧而非方形的黑頭車，街道上的顏色比起如今，貧乏單調許多。城區的規模也比現在小許多。現在東區的許多時髦鬧區，那時還是一片稻田。我們會想，世界是怎麼變成現在的樣子呢？當時的人，穿著汗衫卡其褲，騎著有貨架的腳踏車，就在城中區的最熱鬧馬路上穿行，混在那些梳著包髻穿陰丹士林旗袍提菜籃穿越馬路的女人之間，沒有人覺得怪異。那是一個好像全世界的燈還沒點亮的時代，作為小孩，我們好像要到長大了，才從黃春明的小說，讀見喔原來那時的中山北路，是美國大兵和台灣酒家女，像走馬燈幻燈片裡靡麗煙花的世界。有幾回，我們和父母，搭公車到圓山，到動物園和兒童樂園，那記憶中已經像到世界的盡頭了。越過那邊界，似乎就是沒入暗黑印象的郊區了。或是到松山我一遠親的嬸婆家，看到不遠處飛機場，巨大的飛機起飛降落，仔細回想這嬸婆家還是前面有小溝渠裡頭游著白鵝吃浮萍的農家景觀啊。那個世界裡的人的分類也簡單許多，灰撲撲的男人女人，老外省，穿著中山裝的公務員，在人行道踢著靴根兩人並行的憲兵，或是一夥擠在一輛一〇〇CC摩托車旁的混混，推攤車的小販。若你是像現在我認識的這些怪咖，拍電影的，搞小劇場的，開奇怪咖啡屋的，妝扮得像《下妻物語》裡那十八世紀歐洲宮廷風的蕾絲洋裝的，世界好像畫素不全，沒有褶皺處讓你躲進去。

說來，現在這座台北城，和當年的那座台北城，根本是兩座不同的城市。

在從前的那座台北城裡，我還是個小孩，有這樣的記憶，和父母搭著顛顛晃晃的公車，可能是到內湖或北投，回程車窗外一片荒涼的昏黑，那就像是去了世界盡頭一樣遠的所在。中途憋不住尿，我父親還和司機商量，抱著我蹲在車門的低一階踩踏處，讓我對著那門縫撒尿，而車子還繼續行駛。如今想來這真是不可思議。

後來我青少年時，曾和我的同伴，在這城的羅斯福路的巷子裡，和另一群青少年打群架，追逐逃跑。我們會三兩穿卡其制服，帽沿壓低低的，到現在已不存在的光華商場地下舊書街，在那像蟻穴迷宮，整落整落舊雜誌用尼龍繩紮著，堆得比人高的書攤穿梭，向穿著白背心大褲頭腆著胖肚子的禿頭中年人，買那些膠膜封住的日本女優色情寫真。或是我們搭公車，到西門町萬年大樓裡的金萬年冰宮，在那舞台霓虹閃燈中，和那些一樣年輕，苦悶的身體挨擠著，穿著冰刀靴在那迷幻空間裡繞圈子。又很多年後，我和朋友，混進大批學生抗爭的群體裡，恰遇到拿長棍的鎮暴警察列隊逼逼哨音前進，學生則手夾手躺在馬路上，而後像一個水泡被打破，突然從那隊伍後衝出許多拿短棒和圓盾，戴著防暴盔的鎮暴小組，劈哩啪啦揮棍往學生身體痛擊。我們不知為何被哭喊奔逃的學生，和這些逐打者遺忘在畫面之外，他們全部跑光了，剩我們像鬼魂站在原地，又恐懼又惶然的抽著菸。這座城市，讓你住在其中三十年，四十年，仍總還是個異鄉人。你一直在場，但你想說「我的城」這一句時，發現它像煙花，有一些絢爛流光的影綽，但之後又消失在時代的夜空。

拔牙

我大約是從二十六、七歲開始牙疼，當時像車拋錨找修車行一樣，隨機找牙醫診所。一開始當然是用電鑽磨開蛀蝕的牙，抽神經，後來有個新詞叫根管治療。待牙蛀壞到沒救了，便將它拔了，用它旁邊的好牙借支撐，金屬外皮包著那好牙，連著那顆實心的假牙。若又壞了一顆，會做成三連珠，四連珠。慢慢的嘴裡的壞牙一顆一顆被拔掉，嘴中剩下的真牙寥寥可數。也發生過某次吃壽司，那米飯太黏，把整組四連珠假牙，一個囫圇吞了下去。有一禮拜我天天吃韭菜，希望能將它排便出來，甚至每次出完恭還拿免洗筷翻攪，看可否找到。妻非常生氣說：你在大便裡翻撿，就算找到了，你要把它洗一洗，戴進嘴裡嗎？有一段時間，大約是我大三大四那陣，我常去看的那位牙醫是個非常有趣的人。他非常愛講笑話，但是一個非常愛講笑話的牙醫，他逗笑的聽眾，永遠只能張大嘴，半躺著任他的伸縮臂電鑽，或探針、鉗子鑽探，根本無法回嘴。且他享受說這些笑話的快樂時，並非那種在夜店把妹的調戲幽默，完全像個胖男孩在逗樂他的玩伴，自己先笑得吃吃顫抖。事實上他除了當牙醫，真正的專注事業是「童子軍」。如今回想，他其實是像羅賓・威廉斯那樣「長不大的大人」。我曾在他診所遇過一群穿著童軍服的小屁孩來找他，他像跟上級報告完任務後，立正舉三指敬童軍禮。他常跟我講著他們去哪個荒野紮營、生火、野炊的種種。我後來人生又遇過一些不同牙醫，理解牙醫確實是一門窮極無聊的職業，像他們那樣高智商的人，每一天的活兒，卻是把注意力盯在那麼小的嘴洞裡，鑿開的牙、髒汙的齒齦、腐臭的氣味、病患張大嘴因而僵硬的身軀……。牙齒又是那麼精密的事。他們通常把生命的意義轉移到另一件事上。（你會聽說某些職業選手真心熱愛籃球，或小說家真正熱愛小說，但不會有牙醫對拔牙、鑽牙有真正的愛吧？）我認識的牙醫，有佛教哲學造詣極高者；有鑽研「美國」（包括美金的貨幣戰爭，包括美國介入世界，搞垮其他文明或地區強權的方法，他談起來像在講某種跟人類演化分岔的物種）的專家；有一個牙醫很怪的跟我講起他收藏的日本人繪製的台北或台灣地圖，那簡直應該可以去成立一間私人小博物館；也有一位牙醫，他對美國職棒大聯盟所有球隊，哪個年份哪場經典之戰，當時戰局發生了什麼戲劇性的場面，哪個傳奇球星的打擊率或各項紀錄，甚至他們性格的缺陷或球員生涯的盛衰，或哪些像哲學家般讓半世紀後的我們聽來，仍百感交集的某句球星說出的話，全瞭若指掌……，但我真的沒再遇過，或想像，某個牙醫是個「童子軍狂熱者」。

我不太記得我讓他看牙的那段時光，他拔了我幾顆牙？但那段牙痛都去找他的時光，很像我們兩個是青春期非常要好的哥們。我們倆都是胖子，他滿頭大汗弄著我當時開始一顆顆壞去的牙時，拚命說著可能只有童子軍才覺得好笑的笑話，那使我領受他是個溫暖溫柔的人，那使我放鬆了對鑽牙的恐懼，但那種方式，其實很像是羅賓．威廉斯對男孩的哄逗方式，但我那時是個二十五六歲的大人啊。後來我結婚後，輾轉搬家，就換不同的牙醫了。很多年後，我當時的一位牙醫，在處理我一排假牙（但下面的神經又爛了）時，非常生氣，說這是什麼人的手藝，這簡直亂搞。我腦海想起當年那位有個童子軍夢的胖牙醫的笑臉，說實話我充滿懷念。

很小很美的一件東西

我的妻子有一天晚上，要將她停在路邊格的小車開出，她打了方向燈，也從後照鏡看了確定後方沒有來車（她是個很謹慎的女人），才打轉方向盤，車頭才伸出去，一輛摩托車撞了上來，電光石火，應是擦觸到小車車頭側，那機車騎士連車摔翻。我妻子下車察看，是個年輕孩子，應該是膝蓋剉傷，手掌擦傷。後來警察來了，問他們是否要到警察局做筆錄。當時的情況很明顯是，騎機車的人超速了，在後視鏡看不到的那時間差，他衝過來，撞上。警察對那孩子說：「你這車改裝成這樣，很誇張吧？這樣上公路馬上開你好幾張罰單。」

我的妻子看那孩子一臉惶然，她心裡出現「任何事情都該用柔慈的方式對待」，因為她跟我說過許多次了，她非常憎惡，城市人每有車輕微碰撞，下車便窮凶惡極虛張聲勢，如此好像便可把錯推到對方頭上。她告訴警察說我們和解就好。她對那孩子說，沒事的，我是老師，我陪你去醫院，醫藥費我負責，而你機車推去修看多少錢，我會賠你。她陪那孩子去醫院，後來他父親也來了，是個怯懦的老頭，一直低頭賠不是。傷無大礙，包紮好她付了醫藥費便離開了。

　　這是那晚的情況。但幾天後，她收到那孩子寄來簡訊的修車估價單，要兩萬多元。一輛新摩托車也不過五六萬，那天那車的摔法，她直覺覺得不可能到這個價。我妻子回信說，如果這樣，那她要重回交通仲裁。對方回「好啊」。幾天後她又收到地檢署通知，對方告她傷害罪。她和那孩子在警局碰了個面，那孩子始終不敢正眼看她，眼神飄移閃躲，這時她心想「這孩子是否有吸毒啊」。但那承辦警員對處理這類事非常油條熟練，我妻子甚至懷疑他們倆是否相識？那孩子跟警察說話則變得輕佻嬉耍，而那警員的角色也變成像「喬事情者」。他告訴我妻子，這個價錢很便宜了，相信我，這種案例，我處理過的，比這價格高四五倍的多了。因為事故當天並沒有現場紀錄，這次的筆錄，我妻子覺得她說的當時她非常緩慢，也打了方向燈，或看了照後鏡，而且以那天那車摔壞的部分，她不認為要兩萬多元；這些，那警員都不當回事。按交通事故的判例，那機車是直行狀態，你從側邊出來，發生碰撞，責任全部在你。

事後我們討論，甚至懷疑這警員和那孩子是否一夥的？這種假車禍詐騙的整套手法？當然這似乎很荒謬，可是我妻子，那像植物花莖，內向的，對世界的暴力，想翻轉，想實現不一樣的面貌的心，這時已深受打擊，非常沮喪。

之後去檢察署出庭也不順利，一個三十多歲的女檢察官，整個不耐煩我妻子對事情的陳說，不就是兩萬多元嗎？打了一些官腔。她打電話問一個當警官的表弟，他聽了原委，說，這事錯在一出事那時，一聽是那年輕人要負較大責任（甚至反過來他該賠她車子的撞凹），她當時就該堅持不和解，當場由處理警員筆錄所有細節，你當時心軟放棄那權利，之後的各關節處理，就很像一手牌已打了，之後沒人會耐煩回頭重建最初時刻。後來我們想，算了也就兩萬多塊，認賠了事。那天晚上我們吃飯的時候，妻哭了出來，「我只是想在這樣的小地方，不要照著所有人教你的，一出事就掐緊對方咽喉，找到對自己最有利的位置。我以為會有人和人直面相交時，有真實的柔和的東西發生。現在好像這些比較美好的東西，這樣流失掉了……」

那一夜

我父親過世的那個夜裡，我站在永和老家的弄子口抽菸，等母親和哥哥搭救護車將父親從醫院送回，他們已簽了「放棄急救同意書」，就等父親回到自己的家，吐出最後一口氣。我站在那兒等候時，內心充滿大事就要降臨的恐懼。父親在大陸九江旅遊時，小腦大出血，我和母親跑去那時還落後的醫院，和醫院官僚周旋了一個月，才將父親躺著運回台灣，那之後父親以癱瘓臥床的狀況，躺了快四年。那時我的兩個孩子還小，父親的臥病，或是在不同醫院間流浪，這拖垮了照顧他的我娘的健康，以及我母體那個家的經濟。「這一天終於到了。」我站在那夜闇無人的弄口抽菸，心裡百感交集，死亡不再是戲劇性的帶著翅翼蹲在你家，而是一種像把父親變不倒翁的身體，和死神拔河、撒嬌、拉扯，終於精疲力盡。

那時，非常魔幻的，有七八個像烏鴉的黑衣老婦，列隊經過我面前，看也不看我一眼，逕自朝我家大門走去。我想：這是死神的十二金釵嗎？她們是來等著勾去我父親的魂魄嗎？

後來才知道，她們是我娘參加的某種佛教組織：她們非常專業，任何這個團體裡的師兄師姊或其家人，快掛了，無論在多遠，無論是深夜，她們都會從四面八方聚集而來，她們的信念，是對屍體念八小時佛號，而後這個死者的靈魂，就可以「往生西方極樂世界」。某部分來說，她們像ＣＳＩ屍體鑑證科，因為她們看過太多屍體，她們有一套判定標準，等念完八小時佛號後，像開獎一樣，她們根據死者的臉部表情，判定他是往生西方極樂世界，還是墮入餓鬼道？還是進入輪迴轉盤，可能投胎成小貓小狗或女人？

我們永和那老房子，有五十年以上歲數了，黑魚鱗瓦房，細磨小石子地，有一個小院子，我父親在那院裡種了桂花、梅樹、杜鵑、枇杷、金銀花、棕櫚樹、木瓜、桂圓，還養了好幾盆蘭，但他病倒這四年，無人有餘力幫他整理，乃至庭園荒蕪。那老房子也像龍貓卡通，某些角落久未日曬，會長出老房子自己的精靈，黑鬼鬼這類的。是以我對那個夜裡的記憶，父親死亡這件事，好像不只是悲傷、恐懼，而是一種在那時光之屋裡，世間的任何光都無法穿透的黯黑或魅影。

後來救護車開到弄口，我媽、我哥，和一個小護士，我們七手八腳把擔架床上的父親推下來，他還吊著一個點滴瓶，嘴上罩著氧氣罩，作為生命最微弱的維持。我們推著他經過那段小弄子時，人家牆頭的雞蛋花啦芒果樹啦欒樹啦，葉片將路燈的光變成如流動的電影，父親那時睜著眼，眼瞳透明淡藍像玻璃珠，似乎在收攝他這生最後的風景。我們柔聲安撫他：「爸，就到家啦。」像哄小孩一樣。

進了客廳，將他從擔架床抱到之前準備好的一張鋪上毯子的摺疊床，那小護士問我們：「可以了嗎？」我們在翳影中點頭，她便將那最後的氧氣罩拿下，並從父親脖子處拔出一條細細的橡皮管，我感覺她這個抽拔的動作做了很久很久，然後從那拔出的小洞，標出一小注鮮血。父親應該是那時就離開了。

雖然，我父親在那晚之前的四年，小腦大出血中風倒下時，我心裡已認知那個精神性的父親已經走了，但死亡在你眼前，那麼明晰的上演，我還是忍不住，生理性的哭了出來。

這時，那些黑衣阿婆，像崩倒的哥德教堂周邊支撐的輔臂，她們挨湊架住我，說：「別哭，哭了你爸就不能去西方極樂世界啊。」

河堤

我小時候，永和靠河的那一條河堤，還不是後來為防洪蓋起的極高，因此遮斷河景的鋼筋水泥牆；那個舊河堤，可能是日據時期就建好的，矮矮的小土墩，人和腳踏車都可上去，河堤的斜面，被靠近的違建戶（可能都是一些跟著國府跑到台灣的老兵）搭上瓜棚，種了芭蕉，再下來些就是菜圃、雞寮，甚至水泥裂面長出一株株木瓜，但大部分是一片竹林（我老家那條馬路就叫竹林路）。沿著這斜坡，隔一段會有一道階梯讓人下來，但那階梯好像也只是久古之前的人，拿大石塊沿斜面鋪墊，時日久遠，上頭覆滿毛絨絨的青苔，我小時候對這種青苔，看似一整片，其實細看是一株一株，細粒分明的光影立體感，印象非常深刻。

那時候永和通往台北，只有一條中正橋（日據時叫川端橋），還沒架上福和橋和永福橋（這兩座橋的建築工法，都比中正橋新許多，橋墩也粗巨許多），而在後來永福橋搭過的那一段河堤，是一處比較寬闊的斜面，有正式的水泥階梯，許多攤販近黃昏時都在那聚集。有賣炸臭豆腐的、蚵仔麵線的、甜不辣、烤玉米，夏天則有剉冰攤車，或可以打小鋼珠檯賭博的吧噗吧噗尖筒冰淇淋。那年代沒電腦，電視在那時段也沒節目，人們會走到河堤，或在堤上散步；或越過河堤有一片河濱公園，人們放風箏、跑步、打棒球，感覺那年代的人真的比較悠閒。而不良少年也會在那一帶群聚，抽菸、喝酒、打打牌，調戲一下經過的女孩，我小時候也目睹兩夥人就在那河堤突然的空曠地帶，拿著木劍、鐵條互毆。說來那裡有好多年，算是我們永和的一處鬧區。但它很怪，沒有任何店面建築，一切都在河堤上的空曠地帶，攤車推來了，連收紅包的警員也混在轟轟的人群裡；入夜攤車推走了，那裡是河邊風大的荒野。

我國中時，有一次放學，和一同伴走過河堤那帶，發現有個地攤，老闆在一張長塑膠布上擺滿了一些玩偶，前沿的極小，愈後列愈大，最後幾列，有用罐裝啤酒堆成的塔、有看起來極昂貴的遙控汽車，或大隻的布偶，你站在一黑膠帶條貼的線後，十元一大把竹圈圈，一堆人站那對那新奇漂亮的玩意兒，用各種拋物線丟那竹圈，只要套中，東西就你的。當然大部分人是遠拋後面的大獎；但那時我和我同伴，發現一件事，就是我們腳踩那線後，但只要將一手拚命往前伸，其實差第一排的小玩意非常近，只要輕輕一放，十擲九中。我想是老闆一開始擺攤就估算錯誤。當然那都是一些粗製濫造的小東西，陶燒的小猴、小魚、小娃娃，那還是個玩具工藝還沒那麼淹漫而下的貧乏年代，這些就像小指大小的破爛，本錢可能一毛錢都不用吧？但我倆在那用這一招，愈輕放愈有心得，你想十元一把竹圈，應有三十個吧？這樣圈下來，十元也好大一把這些小玩意兒。老闆開始焦慮，從胸前口袋拿出黃長壽，一人打根菸給我們。我們說我們不抽菸啊，繼續專注地圈。又過了一會，一個長頭髮的傢伙（現在回想，他年紀也頂多大當時的我們兩三歲吧），拍拍我們後肩，把我們拉到一旁，一開始笑嘻嘻的搭訕，突然變臉，痛擊我倆的肚子，可能這個突襲的出拳，猙獰的表情，爆罵的粗口，或之後往貼仆在地的我倆背臀踹一腳……，這都是苦練過的吧？我們提在手上那整塑膠袋的垃圾小玩意，自然也被奪走。當然糊裡糊塗，灰頭土臉離開了。要長大回想才品出況味，江湖混生活的，你占了他便宜，當他打菸給我們時，就該撤的。過了那條線，什麼暴力，它不遮掩的臨襲，其實也不足為怪了。

轉學

我小學時轉過三次學。第一次是小四念了半年，從一所私立小學轉去一條馬路之隔的公立小學，在那個年代，在永和這個小鎮，公立小學好像是家境比較差的孩子才去念的。我父親那年和他任教的學校校長吵架，據說是校長把一筆清寒獎學金汙了，同事們議論紛紛，拱他在週會時發言，對校長提出勸諫，沒想到校長就把我爸解聘了，當時輿情洶洶的同事們，這時怕惹禍上身，人人避我父親不及，我父親那年失業在家，因此負擔不起我念私小的學費，才有突然將我轉學之舉。

這麼小年紀時的驟轉環境，日後可能在我性格裡埋下了兩種相反的特質：一是我每到陌生地方，面對一群陌生人，就會說不出的緊張，腎上腺素狂飆，手心冒汗，要花極大力氣才將自己從一種分崩離析狀態解脫。第二是，我可能比一般人對新環境有較大敏感，懂得觀察，建立起讓陌生人信任、喜歡的天賦。這兩種應都是我在那麼小的年紀，自個走進新的班級教室，他們都是一夥的，只有我是外來者。我站在台上，努力撐出微笑，承受這些小朋友東問個問題西問個問題。如今回想，我轉去的那個四年十三班，是個內聚力很強，感情極好的一群小朋友，他們初始或好奇我是第一個從那穿天藍色制服的私立小學，跑到他們裡面來；然很快發現我功課平平，打躲避球也完全不行，我於是如願成為隱藏在其中，不特別的一個。

但確實班上有些較窮苦的孩子，有一次周六下午，我在學校附近一個戲院前，遇到班上一個同學，他在幫家裡賣那種辣椒醃的田螺，現在不會看到了，但是那年代遊樂場附近常見的攤販零食。他蹲在兩桶黑忽忽的田螺旁，一個奶粉鐵罐是零錢筒，綠頭蒼蠅罩著飛。我想我那小孩的年紀其實無從分辨，這樣的孩子和我以前私立小學那些乾乾淨淨的同學有何差別，細節或在這樣的野孩子穿著夾腳拖，腳踝和腳趾結著一層灰泥。他的身手非常敏捷，從那飛舞的蒼蠅群中，一抓就是一隻，拔去翅翼，扔進一小透明盒蓋裡，爬著十來隻那樣無翅的蒼蠅，得意地對我說，那是他的寵物。

另有一個好友，放學總是一路打鬧玩耍，也到過我家，但無論如何不讓我去他家，小孩同時有無聊的好奇心，以及無知的殘忍，發現了他諸多藉口原來是不讓人知道他家在哪，我反而追著這點，不斷試探，軟硬兼施想去他家看看。有次甚至說出「莫非你家有匪諜？」這樣在那年代不知輕重的話。這個平時在校沉穩（當時還是班長）的傢伙，竟然痛哭流涕硬上我家跟我父親告狀。我父親是個非常正直的人，聽完這小孩的訴告，狠狠往我頭上鑿一記爆栗。主要是我自己非常羞愧，小小心靈好像侵入一種陰影：我竟然成為一個誣陷者或威脅者。後來我升國中後，有次陪另一朋友走回他家，是在河堤邊一片貧民搭的違建爛屋，竟遇到當年那死都不讓我去他家的舊友。當時他穿著破背心、大褲頭，在那櫛比鱗次鉛皮、木板、波浪板、磚塊的屋頂上曬絲瓜；或是年歲稍長，變得成熟些，不把家貧當恥辱，他很開心的和我打招呼。

租書店

很難跟我的兒子們描述，我在他們這年紀時，藏身在永和小巷弄裡的小租書店，扮演著一個少年連結那像深網的海底世界。是的，那是還沒有網路、智慧型手機的世界，小鎮有電影院，但電影票太貴，或還不是十三四歲少年能常進去的處所。這種租書店，一旁或就是舊市場末端的醬菜店，一罐罐鮮腥氣味的醃瓜、菜籽、豆腐乳、黃蘿蔔、豆瓣……混亂繁複的辛味或暗沉的甜臭味，灌進這窄仄、鐵架高頂到天花板，只有兩盞日光燈所以光線昏暗，小板凳上都縮坐著一個個國中生或小學生埋首讀著漫畫的租書店。

我經歷過租一本漫畫一塊錢，後來漲到兩塊錢的時光，我在那樣的昏黯小洞穴裡，看了《好小子》、《三眼神童》、《天才小釣手》、《怪醫秦博士》、《橄欖球之鷹》、《怪博士與機器娃娃》……當然全是日系漫畫，那時還沒有《七龍珠》、《灌籃高手》，乃至後來的《火影忍者》、《海賊王》，但這些漫畫可能形構了我，或我這代少年的內在奇觀妄想的天窗，在那個貧乏的年代，我們會幻想自己或具某種神祕力量，走在街上，兩腳輕飄飄的。某次大膽越了個界，開始向戴著厚鏡框眼鏡的老山東老闆，租借厚厚的小說，那印在黃糙紙上像螞蟻串的油墨小黑字，竟可以搖晃，打開一重重奇之又奇，讓我抓耳撓腮，不敢想像的世界。古龍的陸小鳳和西門吹雪、三少爺的劍、小李飛刀李尋歡；又看了瓊瑤的《窗外》、《庭院深深》、《碧雲天》；很後來才看金庸。那是一個跟文學無關，但對一個少年來說，世界爆裂成無數彩繪玻璃薔薇窗的萬花筒，怎麼可能有那麼奇怪的事？我在那小租書店，讀著那些和真實世界（我父母，偶爾來家中的親友，或學校的同學）完全不同的故事，常覺得胸膛快喘不過氣了，眼睛像貓的瞳孔在強光中瞇成一縫。奇詭的滅門凶殺，漂泊的浪子，漫天飛花的劍舞，被全天下的人背棄，癡情的狂愛，原來大人世界的女人可以為愛瘋狂，彷彿那書都旋扭了。有時我竟坐在那租書店角落滿臉是淚。這對一個十三歲的國中生來說，實在太怪了吧？

我變得渾渾噩噩，在學校總在發呆，無法對正規課程那些味同嚼蠟的國語數學英語化學，再有一絲注意力了。大約從那時開始，有四五年我都是班上最後一名。我的內心被這些租書店裡的怪書，建造了一個封閉的小宇宙，那很像是個《山海經》的世界，《聊齋》的世界，住滿了毛色鮮豔的怪物。那很像現在的孩子，坐進電影院，看到恍若真實的遙遠太空，麥特戴蒙穿著太空服，獨自被遺棄在火星上。那麼孤獨，但那其實不是真的，但坐在昏暗租書店裡的十三歲的我相信那是真的，而且熱淚盈眶。你總要到很多年後，才找到和這世界嫁接的方法（像電影裡那太空船和孤單漂流的麥特戴蒙，在外太空用那麼細微精密的噴氣修正，僥倖的對接上），但他媽誰想到這世界整個龐大神經叢深浸在網路的海洋，那種巷弄裡的小破租書店，早就被消滅了。

夏日煙雲

我們現在所在的這個世界，應該跟從前的那個世界，是完全不同的世界了吧？

這種感嘆說出來，完全是廢話。任何一代人，在他生命不同階段，都會覺得那是和之前的世界迥異的另外一個世界吧？譬如我阿嬤，民國元年生的，當然她三十八歲之前的台灣，還是日本人統治的，她到老還是說台語，不會說國語。對她而言，一九四九年國民黨兩百萬部隊加上公務員、眷屬，撤退台灣，那就是和前半生完全不同的另個世界吧？或我父親，就是混在那一場大遷移中，倉皇離散的其中一個，他和許許多多我年輕時常遇到，現今可能大部分凋零的老外省一樣，總愛回憶當年逃難，在碼頭看見人如螻蟻如蛆蟲擠在岸邊、船舷連下的繩網，或掉入水中，他們如何在船上顛簸嘔吐，在基隆港上岸……。對他們而言，那又是完全無從想像的另一個世界吧？上世紀八〇年代，開放大陸探親，我父親半世紀後重回南京江心洲，當時連自來水都沒有，父親帶了美金、金鍊子、好多金戒指回去分那些子姪們，當時只掛心那邊親人窮，把退休金分撥帶去，幫他們修房，改善生活。我父親現在不在世上了，但他若知我去年回南京找我大陸大哥，我姪兒開著奧迪房車來機場接送，他們在河洲上的田地被新加坡人購併開發，配給這些老農民一家一戶，住進那像火星太空城幾十樓高的大樓群裡，我父親應該也覺得這是跑進科幻電影的另一個世界了吧？

真的，電腦，或網路，或手機剛出現在我這代人的生活周遭時，大約都二十多到三十歲間，當時我特硬氣，覺得那是和我無關的時髦玩意，我在自己小屋裡拿紙筆創作，也不是出去做生意，要那些東西幹嘛？這麼二十多年快三十年過去了，我不也被包裹進這個當初連從旁踮腳看看都不感興趣的新世界裡？我聽有人說，現在是人類從大航海時代以來，最大規模的一次移民，移民到網路世界。想想我這代人，經歷過傳統大腹部的電視被淘汰、冷氣的發明、照相機底片的滅絕、錄音帶的發明然後滅絕、紙張報紙或書籍出版進入黃昏，或我父親那輩人無法想像的ATM提款機……，但其實都比不上這個往網路世界的大遷徙，來的感受到一個自己跨過門框，後頭的舊世界整個成為昨日煙雲的幻異感。這原來是科幻小說的語境，但我近來竟有時會回想：從前我所在的那個舊世界，電腦、網路、智慧手機還沒形成這個我們一半在其中，一半在外頭世界，那之前，有哪些已徹底消失的東西呢？譬如從前清晨送報這件事，我父親早起，送報童騎著腳踏車，在我們永和巷弄裡穿行，將報紙整落用橡皮筋紮著，也不停下車速，像擲迴力棒一樣，技術非常好的啪啦就扔進我家玄關，周邊養狗的那吠聲此起彼落。或我父親至老還是勤於寫信，標準信封或航空信封，他書桌有一袋漿糊，下角剪個洞，封信封、黏郵票，然後要我跑腿去街上郵筒投擲。現在有email誰還真的寫信往返？或我妻子娘家，從她還是小孩時，每年她父親會帶全家到照相館拍一張合照。有許多東西，它們好像還在，但並沒有隨大遷移搬到這個虛擬的新世界，於是變得像影子、煤灰般存在。

我有個好友，跟我說起他大學時，在師大附近一窄小的學生宿舍，有個漂亮的學姊，某次來他那兒，坐在他床上和他喝冰啤酒聊天，他坐在地板看著她牛仔褲勒緊的腰腹，露出肚臍。在那年代，那何其性感私密。後來他將她撲倒，但學姊有男友終沒和他有後續。三十年過去，某天他突然想起這曝光一閃的往事，心中無比懷念。上google輸入那女孩的名字，竟一筆相關的資料都沒有。像是跨越這個新世界和舊世界的邊界，那個《去年在馬倫巴》，那窄宿舍的燠熱、年輕的騷味、對未來惘惘的不安、從花玻璃窗垂灑進來的熾白強光，那一切歷歷如繪，但那人沒移民到網路世界，她竟就像煙一樣在這世界蒸發了，消失了。

鬼

進入鬼月啦，說來我小時候住永和，那迷宮般錯綜複雜的巷弄，那年代一戶戶黑魚鱗瓦日式房舍，矮牆後伸出桂花、杜鵑、雞蛋花，或木瓜樹，穿過這紊亂掌紋般的房舍，有時會走進一大片無人的竹林，極上端的竹葉梢綁著一塑膠袋一塑膠袋的死貓；走到盡頭，是那條長長的舊河堤，站上河堤，可以看見不遠處，芒草覆遮的後頭，是一條灰色、憂鬱的河流，據說河對岸是當年槍斃死刑犯的刑場。在這樣的場景裡，小孩似乎特別敏感於那些鬼故事的繪聲繪影。

我們小時候，因為父母都上班，有幾年請了個鐘點阿姨，每晚來家裡幫忙洗衣洗碗，我們叫她蔡阿姨。有一陣，那蔡阿姨幾天沒來，我聽父母臉色沉重低聲說著，那蔡阿姨的兩個兒子，天熱跑去那溪邊游水，先是哥哥被一處踩空凹坑的漩流捲去，弟弟去拉哥哥，結果兩個都溺死了。母親當時即極嚴厲警告我們，鬼月絕不准靠近水邊，說會有許多抓交替的水鬼，專門就是拖你們這種小孩到水底下去。

我父親當時也跟我們說一段，他小時候住在南京江心洲，在水底遇到水鬼的往事。我父親說他水性是當時洲上小孩裡最好的，有次他們玩水中捉迷藏，我父親潛水到江底，閉氣在一片混濁銀光中，突然就看到一隻青白色的螃蟹游到他腳邊，施施然從蟹身，伸出一隻極細、白皙的女人的手，緊緊抓住我父親的腳踝不放，我父親拚了命的踢腿，伸手撥水，孤獨在那水底掙扎了非常久，才掙脫那螃蟹的女人手，衝出水面。那次覺得自己幾乎就是要死了。

我母親還說過一故事，她說當年她生我姊姊時，住在醫院病房，後來才知道那病房就靠近太平間（我想像或是那貧窮年代，醫院的場景都像戰時醫院一般克難吧）。連著幾個夜裡，她睡著後，都感覺有人來推著她的病床，推離開病房，這過程她想睜卻睜不開眼睛，感覺那床被推至一人聲喧鬧的地方，好像有人在打牌那樣吆喝著，也有女人的尖叫哭聲。我母親說她心中害怕，一直默念觀世音菩薩，然後就會聽到咣一聲敲磬聲，於是那不知道是什麼人，又會推著那病床，再經過那些來時的地方，最後又將她推回本來的病房。

這一類的故事聽得多了，小時候就特別長心眼，杯弓蛇影，草木皆兵。小時候家裡院子有一棚架，上面垂掛著父親種的一種叫「金銀花」的爬藤植物。我每坐在院落寫功課，忽然一陣天陰，光線暗斂，我便疑神疑鬼，眼花好像瞄見個白髮，但長蛇身軀的老太太，攀在那藤架上，偷看著我。

有時夜裡尿急，憋著不敢去廁所，我睡在雙層床的上鋪，從那角度，看見一旁父親書櫃上堆放的皮箱，或一些獎盃什麼的，暗影重疊，像是一尊尊定住不動的小人。有一天夜裡，忍不住了，翻身下床，摸黑到廁所，那時電燈仍是個電線懸垂的燈泡，有個鈕在上面，旋擰了那轉鈕，黑暗突然被光爆如粉漲滿，我突然看見馬桶裡有一雙眼盯著我看。啊我至今記得那胸口心臟快從嘴吐出的驚嚇。定神再一瞧，是一隻小老鼠，不知怎麼困在那馬桶裡。

搭錯車

在我高一時的暑假，我們一群哥們組了個團，去台中旅行。這現在聽來有點傻，現在去台中，高鐵一小時就到，且現在去台中，也就是一城市，一些連鎖店的景觀：7-11，全家超商，麥當勞，肯德基，屈臣氏，星巴克，頂好超市，遠傳或台灣大哥大這樣的手機直營店，全國電子，房屋仲介門市，美髮連鎖店，KTV連鎖店，再加上各種模型化的義大利麵店啦，日本迴轉壽司啦，韓國料理，鍋貼連鎖店，快可立茶飲連鎖小攤……，感覺這就是到台灣各城市中心區，無論高雄、新竹、板橋、永和，長得都有些像。但三十多年前可不是這樣啊，我們搭著台鐵火車到台中，火車站周圍全是那些傳統旅館，大廳前櫃一些年長的阿姨，一種說不清的淡淡的茉莉花甜香，她們有點詫異我們這樣一群青少年跑來入住，但又以她們豐富的閱歷，笑著眨眼睛，幫我們辦住房。那房間裡的大床、床頭櫃、可調節的燈，還是浴室盥洗台放的包裝好的有牙粉的牙刷、小罐沐浴乳、洗髮精、刮鬍刀，那對我們這些屁孩來說，已是一種冒險的新世界。我們訂完房，還一起去台中公園的人工湖划船，這用現在看簡直是傻逼，但那年代所有關於台中觀光的符號就是在台中公園划船。那時的台灣，如此貧乏，保守，我們隱約感到這火車站周邊，有一些大人浮浪頹廢的祕境，但不會向我們打開。我們這些傢伙平日在學校裡，可是都有來頭的。有一個叫伯仔的，他爸是在碧潭吊橋邊賣甜不辣，他的水性超好，因為從小在碧潭裡泡。一個叫陳文君的，非常怪，他真的在自家書房門上掛一個靶，練了一手好飛刀，是真的像西餐麵包刀但刀刃鋒利的飛刀，唰一下就射中十公尺外的木板。老興，他是我們班臂力最強者，我們比腕力時，三四個人摁著手臂壓他的手肘，怎樣都壓不下去。老干、翁，和我則是常在一起三人一隊和人鬥籃球。翁甚至是個帥哥，但這要到再幾年後才意識到。阿源，是個電吉他高手，好像在校外有跟一些幫派的人混。我們這群人的交情，好像大部分人功課都超爛，考試時都是由功課較好的老干和翁垂著考卷或丟紙條罩我們。但不知為何，在這樣的旅行中，我們看上去就是一群呆瓜。

入夜後我們幻想著會有應召女郎來敲門，我們既驚魂未定，但又期待，好像影影綽綽的什麼大人世界的淫欲的誘惑，會在這樣的旅次中，奪去我們的童貞。其中有人還拚命轉旅館內的電視頻道，看能否看到A片。我們在旅館裡抽菸，打撲克，喝啤酒，裝腔作勢扮演著大人。第二天我們搭公路局，要去一個海邊，那是我們其中一個哥們說非常美的一處海水浴場，但那趟車開了非常久，我們不斷顛盪著，到最後整個車上除了司機，就只有我們，開了兩個小時還沒到。老興說：「幹，我們是不是搭錯車了？」後來才確定那哥們要帶我們去的海邊根本在苗栗，我們不該規劃從台中出發的。後來我們下車了，穿過一片亂七八糟的木麻黃林，來到一片灰色、荒涼的沙灘。我們問一個撿漂流木的老人，才知道這個海水浴場早已荒廢了。我們百無聊賴地站在那堆滿垃圾和死魚的沙灘，叼著菸抽著。

你是不是忘了我啊

有一天，在路邊的烘焙小鋪等咖啡，一個老者叫我的名字，我轉頭露出迷糊的微笑，可能是讀者，可能是網友，但在這老者臉上依稀有某種似曾相識的輪廓，但像水面上微弱的波紋，一下就散了，我們站在那騎樓，和外頭秋陽明顯落差的光陰裡互看了許久，他笑著說：「你是不是忘了我啊？」揮揮手走了。

我拿了咖啡，腦中還在疑惑的搜尋記憶檔裡的人臉，是什麼時期，什麼情境下的舊識？像潛水夫在沉船鏽爛的格艙裡，踢著蛙蹼，再往更深之處找去，是藏在哪個記憶區塊？

啊，想起來了。

我十六歲時，高中沒考上，念了重考班，結交了一群牛鬼蛇神的朋友，時常混在台大公館那帶的咖啡屋裡，抽菸打牌鬼混。這裡頭有個痞子，家裡頗有錢，玩得一手好電吉他，據說還組了樂團，當然跟我們吹噓了諸多把妹的豔史。有一天，我跟著他走進台電大樓對面一家賣吉他的小店，這傢伙拿著牆上掛著的各式吉他，刷刷刷炫技，我記得他彈了〈Dust in the wind〉的前奏，這可是在那年紀酷斃了的神技啊。但是過了一會，坐在櫃檯一位臉色白淨的男子，抱著吉他，彈奏起〈羅密歐與茱麗葉〉，後來我才知道他用的是古典吉他的輪指法，那個琴聲，像濃稠的金黃蜜蠟，將整個空間，層層覆蓋，手指在琴弦上像蜂鳥拍翅，激流湍飛，繁錯輪動著，那超出我那年紀對美感經驗之外的盛大繁複、纏綿愁鬱，聽得我神魂顛倒。後來他又彈奏了〈望春風〉、〈Asturias〉，我和那痞子同伴只能在每首演奏完之後，傻呆的鼓掌，我們撞進了這間不起眼的小吉他店，裡頭坐著這麼一位不修邊幅的落魄傢伙，竟是一位不世出的高手。這位吉他高人，在我們兩小流氓鼓掌叫好後，露出赧然神情，但這沒有其他客人的店面裡，他確實是一手一手的演奏給我們聽啊。

我如今也很難回想起，當時那吉他演奏給我造成怎樣的，「美的衝擊」？一座遠超乎我理解的，虛擬大教堂，讓我孺慕、崇拜。我每日還是和那群小流氓鬼混，抽菸，說一些懵懂的混話，或甚哥們的哥們相招，去和不認識的少年在巷弄裡群毆。有一天，我自己推開那吉他店的玻璃門，彆扭的問那位吉他之神，我如果想跟他學吉他，費用要怎麼算？沒想到他想了一下，說：「不用錢。」

這於是我買了一把初階者的古典吉他，每周上他那兒練兩小時琴，他告訴我，我那朋友根本不行，太浮了，一點皮毛便自以為是。雖然我不知他從哪看出我和其他人不同，有沉靜的氣質？我不也是一樣在街上混的小流氓嗎？總之最初幾堂課，他完全不教我左手任何壓音階格的指法，只教我重複的，重複的，右手三指叮咚叮咚彈一根琴弦，要我感受那弦的「靈魂」，他要我每天一定反覆練三小時，練到指甲彈弦有那稠潤之音。我當時究竟還是年輕氣躁，沒有曲子只是單調彈著弦，實在太無聊了，所以可能練了兩天就丟開了。但下周再去，他聽我彈出的音色，勃然大怒：「你根本沒有練！」我不知道他如何聽出來的？總之，那之後每次要去上課前，我都焦慮不已，但心又不在這絕對枯燥、要反覆苦練的基本動作上。這之間他帶我去聽了一次古典吉他演奏會，他穿著拖鞋進去，台上在演奏，他一旁對我把演奏者批得一文不值。我想他是個非常懷才不遇、憤世嫉俗的人吧。我想我在那個年紀，奇妙的遇到這位天才，他在我眼前展列了一個無比華美的世界，而且他教會了我慷慨無私，真摯地把琴藝傳給不認識的小屁孩，另外他讓我在很早便體會：讓人目眩神迷，神一般的燦爛技藝，那是要從無數極無聊的時光中，慢慢苦練累積而成。我大約去了兩個多月後，他也在教琴過程發現我確不是這塊料，常常在我照著他要求的來一遍後，唉聲嘆氣。後來我就沒再去了。

巷子

她住在那巷子中段一棟公寓的三樓，天沒那麼冷時，她會沏壺茶，坐在陽台曬薄薄的冬陽。她的注意力變得無比敏銳，偶爾闖進她那一方小陽台的嬌客，譬如像穿著一身黑天鵝絨禮服、長裙襬綴著小鴨黃和酡紅的鳳蝶；或在那無天際線的電線間翻飛剪尾的燕子，一個翻浪摔在她腳邊，上一秒小小胸脯還起伏著，下一秒那像玻璃珠的眼睛就那麼睜著，死了。

她坐在那陽台的竹圈椅，看著腳下巷子裡進去的人們，像在一劇院尊貴包廂的夫人。從沒有人抬頭發現到她。實則他們的演出，也僅是面帶愁容，或沒有表情，匆匆的走過。男子的皮鞋流星大步趿踩聲，女子的高跟鞋橐橐聲（有個作家形容，高跟鞋踩在小石頭上的噹噹聲，像吃完冰淇淋的小勺，敲打玻璃杯的聲音）。即使是非上班時間，推著嬰兒車出門的少婦，臉上也似乎浸在一種濕濕的夢境中，沒有一絲笑意。

如果有人抬頭，也僅會看到一張躲在她那些瓜葉菊或麗格海棠盆栽影綽後面，一個白髮的，退休老婦的小小的臉。她更多時間，是空望著無人的巷子，回想自己的一生的某些時光。她死去的前夫。甚至她那在她還是小女孩時，就是個老人形象的父親。

有一個男人，每天，簡直像日系百貨公司大樓牆龕上的九點報時卡通機械傀儡，在音樂中的金屬簧片演奏音樂下從暗盒中鑽出，女王的高帽衛兵、小熊、小刺蝟、小猴子、小狐狸……哦不，他只是每天固定在下午三、四點左右出門（住在巷底的那幢一樓），那是巷子裡完全不會出現任何一個其他人的真空時光（她觀察的心得）。這個男人——身高約一米七七以上，骨架像虎背熊腰了，四十歲上下，剃平頭，比較怪的是即使寒流來襲，十度以下的冷天，他還是穿一件短汗衫，那種卡其布許多大小口袋的及膝短褲，球鞋、白襪或黑襪，總是拿把傘，姿勢如劍客提劍——臉上總掛著一種啊對這個人世真心喜歡、禮讚的笑。他絕對不知道就在頭上，有個老婦簡直著迷地觀察著他（她有次意識到：自己這樣托腮看著他，心中浮現幸福之感，不是和那些大叔愛坐麥當勞臨街櫥窗位，看那些短裙的高中小女生一樣行徑？便突然臉紅）。他真是好看啊，像是那些青少年組的排球隊員，手長腳長，頸子連著肩胛的弧形特別好看。

她懷疑他是練武的。

但某個和其他下午沒有差異的午後，她坐在她的「皇后包廂」，聽到巷底那鐵門關上的聲音，她知道他出門了，這一段五十公尺的巷道，他也許是像黃昏清兵衛那樣的人物吧？提著雨傘，一臉純淨的笑，悠哉的從她下方走過。突然，像那些世界花式滑冰錦標賽的選手，他突然站定，跳躍起身，一個一百八十度的空中轉體，落地。自得其樂的又走兩步，又再跳躍起來啊，她心裡想，簡直像在溪流上振翅點水的蜻蜓，某種美麗的光霧撩亂。那張臉，燦爛笑得像細田守的動畫電影《跳躍吧！時空少女》裡那個擁有穿梭時光能力的元氣少女。因為自己發明了這個奇妙的遊戲（跳躍，離地旋轉一圈，落地），而孩子氣的重複耍玩。

那天之後呢，接連著好幾天卻都沒再看見這個「獨自跳躍轉圈的男人」。

那幾天實在是太冷了，她也躲在屋內不敢再去她的「歌劇包廂」陽台。新聞上看到一奇幻美麗的畫面，在北歐（冰島還是挪威？）一個小港邊，一群上百隻的魚，或許是逃避後頭的追獵者，整群湊聚靠近，卻一起被凝凍冰封在水面下看似伸手可觸的透明冰態。牠們全已死去，卻都保持被凍結之瞬栩栩如生彷彿仍在拍鰭扭尾奮游的姿形。簡直像一件大型的壓克力填塞凝固的裝置藝術。新聞畫面上是一隻長毛狗，站在那鏡面般的海水冰面上，困惑無奈，就是吃不到隔著一層厚冰，下方清晰可見那一尾一尾鮮活的魚。

這個冬天實在太冷了啊。

天變稍暖那幾天，她又坐回她的小巷半空中觀景陽台上，幾乎是劫後餘生的心情曬著那，彷彿猶摻了冰屑的薄薄陽光。那一天，一輛小貨卡倒車進他們這條狹巷，停在巷底那鐵門前，一個黑壯的男人開始從屋內搬出電視啦、書櫃、餐桌、樣式老舊的沙發、椅子、小冰箱……

她忍不住下樓，踱至那敞開的鐵門前，一個戴黑框眼鏡的胖男人在指揮那個搬家工，她囁嚅的問，那男的非常敵意（她想起自己在他人眼中的形象：一個好奇的鄰居老婦），原來他是房屋仲介公司的，受屋主委託，要盡快將這房子清空整理，然後出售。「那原本住這的那位先生呢？」

「不知道。他們不住這了。總之房子要賣。」

後來是那棟樓二樓的一位太太告訴她：那個男人（她看見那神跡般自由快樂跳圈的好看男人），是個傻的。這房子是他哥的，或許是那傢伙太傻了，前幾天天太冷了，他竟不知加衣服添厚棉被，晚上睡覺時活活凍死了。人一死，他哥就急著把他送殯儀館處理了，所有曾經生活於此的那些家具，也急著清空，房子也託仲介賣了，或許是怕傳出去是凶宅，影響價格，所以仲介公司的人也一副諱莫如深的樣子。聽說他哥也沒住台灣吧。

啊？那隱隱有一絲同病相憐的情感，但她不讓自己踩進那陷阱。但怎麼好像才在她眼皮下、那麼充滿「活著真好」的那樣離地，像竹蜻蜓要飛起的，雖然孤獨快樂的活生生的一個人，突然消失了，連一絲他曾在這條小巷裡活過幾年的時光證據，也全部被用像橡皮擦那樣乾淨不留痕跡的，完全擦去了。

•天•空•之•城

失戀的哥們兒

我二十六歲時陷入一段苦戀，那個女孩有個交往七年的男友，我是第三者，其實有半年的時光像三個人在過旋轉門。主要是那時我和那女孩都住陽明山，山中的林木、雨霧、蟲鳥、火山溫泉的硫磺味，都增加了一種瓊瑤電影的瘋狂和苦悶。有一次我和女孩大吵了一架，那像是之後各自回自己租屋，女的會吞藥，男的會騎機車狂飆從山崖衝下去——如果年輕時知道之後二十多年的人生是這麼回事，就不會那麼犯傻了，事實上，這女孩，兩年後就跟我走進禮堂，日後成了我兩孩子的媽——但年輕時就恨不得拿刀片在自己手腕放血，好像那激狂的年輕情愛才稍微流失些，濃度不那麼醉人。我當下坐了班夜車下台南，找我最好的一個哥們。這哥們是我高中同學，非常重義氣，當時在台南念成大材料工程研究所，他念淡江大學時，追了個他們班第一美女，問題是女孩家裡超有錢，我這哥們每天騎著偉士牌機車從淡水送女友回台北，後來這女孩變心，被個學長追走了，年輕時我們想不通啊，我這哥們那麼帥，又聰明，又會說笑話，又專情，他就像金庸筆下蕭峰那樣的人物啊，怎麼可能這樣的男子，會把不住他愛的女人呢。

當然年紀漸大，便明瞭確實有貧富階級的問題，我哥們和我這種人家，真的在女孩們擇偶的牆背後，完全像爛連續劇的情節，真的有個銜接不上的難度啊，包括女孩的家族聚會，她的姊妹或表姊妹的丈夫，那些上市公司家族經營的關係……，我們這種廢材，真的想像都想像不出那些場面。我哥們被甩了後，跑到我陽明山宿舍賴了兩個月。說來我大學時，出租宿舍常提供這些失戀哥們來訪，他們通常自顧坐我床上喝高粱或米酒，喝醉了倒頭就睡，睡醒了則重複著回溯那些傷害史，霧中風景，女孩是在那些關鍵不愛了的推理，總之我是個最好的聽眾，最好的正面能量鼓舞者。但凡這種失戀時光，不論男孩女孩，你最要緊的是告訴他：「你是最棒的人，你是這世上最值得珍惜的人。」一總之，男人的一生之交，就是在這年輕時哥們被不同名字女孩們傷害了，你陪他喝酒，在他像吸毒犯夾纏不清，哭哭啼啼時，不讓他覺得羞辱，一方面陪他聊著女人的不可解，好像兩人在調焦巨大天文望遠鏡對著浩瀚星空，這樣的哥們就會是一輩子的朋友。

總之，我那回下台南投奔我哥們，有點像在收之前的放債，輪我當失戀者啦。我哥們的宿舍不比我陽明山的宿舍，我那租住小屋總是在淒風苦雨的山裡，我哥們的宿舍則在鬧區一夜市旁的舊公寓裡，他騎機車載我去買了一大堆鹹酥雞，一打啤酒，回到那一層樓分隔成許多間的雜沓宿舍。回憶起來那可真是曠男們的蜂巢啊，成大是理工大學，陽盛陰衰，我感覺整個宿舍各房間全在喝酒唱卡拉OK啊，而且全是黯然銷魂的失戀情歌啊。我哥們的房間鋪著榻榻米，我們在裡頭喝酒，不斷有穿著及膝籃球褲和球衣的頹廢學長跑進來一起喝，每個都和我一見如故，亂喝幾杯後就拉我們去湊桌打麻將。我發現我哥們在這整棟樓裡超吃得開，這些曠男們不分年級全喊他大師，原來他用那失戀兩個月在我山中宿舍，我們倆切磋的各星座女孩之分析，回來台南吃遍大家。說來他那段苦戀，那個富家女又是那麼難搞的，比起來南部這些工科男生的愛情疑難，簡直太小兒科了。

我受到了「國王的兄弟」那樣的熱情招待，在狹窄走廊和樓梯間穿繞，到不同間宿舍吃火鍋喝酒，每一框格裡不同的哥們都有不同的故事，大家屁一下自己說黃色笑話的功夫，甚至有個傢伙在大家起鬨下，從衣櫃拿出他的充氣娃娃，大家喊那娃娃嫂子。我根本忘了當初搭火車南下的哀傷，感覺被一種不斷吐出的啤酒泡泡包圍著，所有人拿免洗筷戳著塑膠袋裡湯湯水水的滷味豆乾、海帶、豬耳朵、雞胗、滷蛋、大腸頭、甜不辣，那個年代，還有人拿吉他一旁彈著〈小李飛刀〉。說實話，我覺得我如果是他們之中的一個，一同住在那公寓裡，我才不會去讀撈什子的卡夫卡、杜斯妥也夫斯基吧？我記得最後，不知那個大哥提議，所有人十幾台機車出動，我暈糊糊跟著他們，一起去一間他們常去的KTV唱歌，我發現我哥們不知何時，變成了唱張學友歌無敵像張學友的歌神。我不知道他離開那個失戀的痛苦哀哭，走進了怎樣的一堆哥們的迷宮，走到了多遠的所在。

我記得我唱了一首許美靜的〈城裡的月光〉，就跑去廁所吐酒，醒來時在我哥們房裡榻榻米上，已是第二天下午了，我完全不記得我哥們是怎麼把我載回，扛上樓。我大約在台南待了一禮拜，回到台北，那女孩撲進我懷裡，眼睛都哭腫了，說永遠不讓我離開了，我內心暗喜和慚愧，我下去過了好幾天廢材兄弟的歡樂時光啊。我那哥們畢業後到東莞當高級工程師，待了十年，後來和一位很甜美的江西姑娘交往。我們各自是對方婚禮的伴郎。

山中時光

想起我二十多歲，租屋住在陽明山那些破爛的、山中溪邊的學生宿舍，就覺得非常懷念。我們的房東太太，是個和宮崎駿《神隱少女》裡那個湯婆婆，長得一模一樣的老太太，一樣的慳吝，一樣的大鷹勾鼻。她在那溪邊，沿著山坡建了整排的違建，像軍營一樣，有四五十間，全租給文大學生，但這麼多人只共用一個浴室廁所。想想那樣住山裡的時光真奢侈，秋天漫山銀灰色的芒花之浪；初春冷峭，則是一叢叢像煙花爆開的緋紅櫻花；盛夏則整片濃蔭溶在強光裡。季節變遷時，落櫻、茶花，或山中雜長的鐵砲百合、曼陀羅花，發出腐爛糜麗的妖香；或是山霧像少女的裙紗，輕柔的飄過來將原本存在的景物掩住。很容易在山徑台階，看見摔死的羽色翠豔的鳥兒。夜裡房間開燈，那從紗窗鑽進的蚱蜢、竹節蟲、鍬形蟲、螳螂、奇幻圖案的蝶蛾……那時真是稀鬆平常，如今想來真是奢侈。

山上冬天非常非常冷，我如今還能清楚回憶那種鑽透骨頭的冷。那年代還沒有陶瓷電暖器，那種燈管式的電熱器，極近距離對著吹，仍驅不走那像冰塊倒進體腔裡喀啦喀啦的濕寒，我們會去傳統老雜貨店，買古早的泥炭爐，買木炭，在房間裡燒一爐火，那是最有效可以將濕冷驅趕的方式，但一定要開氣窗，否則莫名其妙變自殺。

我們這些二十出頭的傻大學生們，便這般散住在山裡各處這樣的違建、老屋，或簡陋的加蓋隔間宿舍，很奇妙地和那些山裡的老人，形成房東和房客的關係。有一次有一輛載滿人的260公車，下山在仰德大道，竟煞車消失。公車司機將車貼路旁摩擦撞擊想讓車停下，最後整輛車翻覆，站在公車駕駛旁的幾位老人都在撞擊中死去，其中也包括了我那時的房東先生。其實在那年紀，通常我們這樣的年輕人，還沒遇上家中人的衰老與病死，很奇妙的卻在山裡和這些老人，學習和老人打交道的方式。我們的房東太太，有時早晨會變身成前山公園旁，那坐在地上，鋪一席防水布或報紙，擺放自己菜園收割的胡瓜、絲瓜、紅菜、竹筍、番茄的賣菜阿婆，我們去公園打球時，不同的賣菜阿婆便呼喚我們之中不同哥們，因為她們都是不同的房東太太。阿婆們也會越界管那些情竇初開，將女友帶回來同居的傢伙，或是打麻將弄得空山之夜嘩啦嘩啦很吵的廢材，但這些傢伙很怪最後都會變二房東，或幫房東太太管理、打掃這幾間違建的角色，可能雖然還是學生，但已非常懂得和老人打屁，哄兩句，善於察言觀色，老人們究竟是貧窮年代走過來的山居之人，很容易就把年輕人當自己的孫兒，一點辦法都沒有。

當然後來我離開陽明山啦，但靈魂裡似乎總還帶著山裡的魔性。有時我坐在城市巷弄的咖啡屋，當然天空都被遮蔽了，風中也沒有那繁複的花草種籽的氣味了，但我鼻腔會出現那麼幾秒的幻覺，好像我又聞見當年住山裡，溫泉硫磺那臭雞蛋的氣味，一瞬而逝，我用力吸鼻子，什麼都沒有，那使我對曾住過十來年的山中時光，無限懷念，無限悵惘。

殺豬公

那時我們被人群推擠著，人頭如浪，岸邊是一台台花車，小姑娘濃妝豔抹，穿著超清涼，跳著鋼管舞；一旁的攤位，有飛鏢射水球的，有乒乓球丟玻璃杯的，有打彈子的，也有烤香腸、糖葫蘆、客家麻糬、燒棉花糖、炸臭豆腐、烤玉蜀黍、豬血糕……，我們在一攤位，老頭拿一軟木圓盤，上頭用簽字筆畫分格寫了各種大小獎品和銘謝惠顧，他一用力扯，那轉盤嘩啦啦轉，我用飛鏢向下一射，Marbolo香菸一包，哥們全大笑捶我肩膀，說有這樣好運!!!不斷有蜂炮在我們頭頂，冉冉一朵朵光燄炸開。感覺所有人都和我們一樣，咧笑的臉孔微血管都揮發著酒精。這是我哥們拉我們下來參加他們竹北一年一度的義民廟殺豬公大賽。那神棚上架著得獎的神豬，據說都在一千斤以上，那神豬的身體像吹飽的大氣球，或像一張大鼓皮，下方的豬頭顯得很小，且皺眉擠臉，豬鼻子可憐翹著，頭上豬鬃像龐克頭，很像個愁苦的老頭。我哥們們說這次是因他阿公八十大壽，他幾個叔叔湊了一百萬，買了這頭豬，得到第一名啊。我看那豬頭上掛滿各種金鎖，想來這是在客家村非常有面子的事。他們把那隻豬公殺了，說那身上的肉啊，做成各種料理，辦桌分給二十幾桌人吃啊。吃這麼大一頭豬，跟吃一隻大象一樣吧？據說這種豬公很難養，很多養到七八百斤，就撐死了。牠活的目的就是一直吃一直吃，夏天還吹電扇，要幫牠翻身按摩，食物是打成流質用管子灌，非常營養，有的會混入大批魚，非常營養。

說來我這哥們，非常純樸，典型的農家子弟，上台北念書，念了我們那廢材森林系，常上我宿舍抽菸喝酒。他的爸爸有點癡傻，脾氣暴躁，從小就揍他們兄弟，也揍他媽。他阿公反而像慈父疼他。他阿公從前是佃農，後來分到幾塊小田地，一生都耗在田裡。那次我們幾個哥們睡他家，發覺他家是米店，挑高的屋頂厚木屋梁交錯，燈光昏暗，就是一舊式的穀倉。他說開米店一定有老鼠，幾十隻鑽竄，但他們養了一隻貓，完全不餵牠，那貓獵殺老鼠真像麥可．喬丹打球，快，狠，準，一晚上就抓十來隻。我們睡在閣樓，夜裡真聽見像煙火燃放，一瞬一炸，嚓嚓嚓不知老鼠竄跑或貓爪追逐聲，然後貓一聲尖嗚，想是咬死一隻鼠輩。他說他媽是個苦命人，後來迷上簽大家樂，夜裡會帶著他到一暗不見五指的小廟，紅燭燃起，裡頭擠滿附近村子的老人男人女人，看一位乩童拿竹棍在沙上亂畫，大家紛紛判讀那神明指示的明牌號碼。但他媽總是輸。

大二時他媽中風過世，我這哥們在我宿舍喝醉哭了幾回。那時我年紀輕，對痛失親人缺乏現實的感受，但這哥們也迷上在學校附近電動玩具店賭電腦麻將，跟我借了幾回錢。據說冬天還帶棉被去裹著賭整夜。總之我想他是真正鄉下孩子進城，一種文明的匱乏使得他對生活缺乏想像力，他也不如那些懂玩懂穿的男生追得到女孩，我們有十幾個哥們帶籃球到山上小學，對著那矮籃框作出拉桿動作扣籃。我想那是我這哥們最快樂的時光。

我下竹北參加他家鄉的義民廟殺豬公，或才感受到那鄉裡人的生猛，他父親新娶了個越南新娘，非常年輕，穿著大紅薄紗小禮服，身材凹凸有致，摟在懷裡，咪咪笑著跟我們敬酒，我那時年輕，也說不出那氣氛哪裡怪怪的。總覺得不習慣一個父輩在你面前噴散著生殖氣味。我們幾個哥們坐的那桌，有一位三叔，非常會吹牛，跟我們這後輩聊起飆車，他在高速公路上如何和那些改裝車隊對飆。我們一杯一杯的乾，一開始我們還撐出跟他拚酒的豪氣，但後來我根本兩眼搖晃金光，感覺眼瞳像滴在水裡的顏料，一直擴散暈開，很快就掛了。

那是很多年前的事了，我想起那漫天煙花，流光幻影的人群，電子花車上閃亮的，蛇腰亂扭的比基尼女郎，棚子裡那些掛滿金鎖片的大豬臉，空氣中炭烤的油煙味、腐敗水果的氣味、女人的香水味，還有可能是幻覺的、濃度非常高的酒精味。我後來轉去中文系，和這哥們也就疏遠了，畢業後有一次又下竹北參加他的婚禮，那是在露天辦桌，新娘竟是他越南小媽的表妹，我看我哥們和他爸各擁著感覺比台灣女子豔麗的女人，夜晚的屋簷下，覺得父子倆的臉像兄弟一樣。後來我聽說，他的故鄉竹北，因為地產商為新竹科學園區的電子新貴，在高鐵站前蓋了一整片的豪宅大樓群，他阿公的那幾塊小田地庇蔭了他們這些在世間迷途的子孫，我這哥們和他父親、叔叔們賣了地，聽說變非常有錢啊。

彈跳

我高二時和一群哥們迷上籃球，那個高中的校園極狹小，我們下課或放學都是抱著班上那顆破籃球，往唯一的兩個籃球場（共四個籃架）衝，當然能報隊打上一場五球的半場鬥牛，難之又難。我身高一米七六，但或因肩寬骨大，其實是球技也不行，在哥們裡負責搶籃板。這樣的鬥牛時光，並不如那些看NBA打全場的奔馳寫意，整個印象是非常擁擠，可能籃球架下、邊線旁，還擠著一堆等著輪替上場的各班男生，牛鬼蛇神，臥虎藏龍，場上的身體對尬，搶奪，閃躲，也或一種非職業的動作歪七扭八，青少年的過剩精力，很少有一氣呵成的運球上籃美技，而是一種像搶包山的混亂、殺氣騰騰、撲疊摔倒。

那時，我進入一種「因為搶籃板而必須加強彈力」的狂執，我們一群哥們放學後，會去學校附近一間「K書中心」。根本也沒在念書，幾個廢材在某個有七八張桌椅的房間，等於包下，打牌、抽菸、玩碟仙、和大我們沒幾歲一個活潑的顧店姊姊調戲扯屁。那K書中心在一棟大樓的五樓，我會離開他們，自己從樓梯間一樓，青蛙跳一階一階，跳到五樓，再搭電梯到一樓，再青蛙跳上樓，如是者六七趟。後來那姊姊跟我們說，公寓的住戶傳言鬧鬼，每天七八點，樓梯間就會出現砰咚砰咚的巨響。

也有朋友教我，在小腿綁鉛塊，如是習慣綁著鉛塊日常行走，待拿下那鉛塊，可以飛簷走壁，說來是練輕功的古法。

不過我並沒有因此變成櫻木花道那樣的超強彈力王。

這種孤立的自我鍛鍊，也並沒有一個真懂籃球的人來教我基本動作和技藝，完全因街頭鬥牛而想辦法讓自己某種能力變強，帶著不切實際的幻想成分，或是我們那時代的某種身體啟蒙經驗。籃球這玩意的真相是，某次你在台大的十幾個籃球場，隨便碰到一夥身高一米九的傢伙來報隊，隨隨便便就把你們灌個六比蛋。你拚命跳，用那綁鉛塊、青蛙跳鍛鍊的彈力，一個籃板都搶不到。

後來聯考放榜，這些哥們全落榜，當兵的當兵，重考的重考，星散瓦解。

說來我那年紀是個害羞的人，沒有哥們作夥，也不敢自己去公園的籃球場跟人報隊。第二年我考上文化大學森林系，當時已想要寫作，幾乎所有課都蹺了，每天獨自在山裡狹小租屋苦讀小說，和班上的人少於來往。那是沒有電腦、網路、手機的年代，自己一人一整天鑽在那些卡夫卡川端芥川杜斯妥也夫斯基福克納的世界，再鑽出水面看正常人世，好像眼前是一片翳影，覺得孤寂得要發瘋。租屋處的後邊，有一輕鋼架搭甘蔗板的曬衣棚，我每天下午就在那練跳。一開始是一隻手摸到上方的鋼架，逐日這樣的練跳，後來是可以兩手手掌遠遠超出那鋼架的高度。但這樣的跳高練習，和真的籃球比賽抓籃板，一點關係都沒有，它成了一種抽離出來的，孤獨的重複練習。這個沒人知曉的自己的彈跳練習，很像是我們那年代許多年輕人，某種和世界無法連結的，炭筆素描般的自我練習的縮影。它很像一個星球在自轉，跟整個星河和宇宙，一點關係都沒有。

有一次，系際盃的籃球賽，我記得我們的對手是俄文系，有幾個身高一米九幾的大高個，我們森林系當然被打得落花流水。我們班常打籃球的一夥也不太認識我，覺得我是怪人吧。後來我上場，基本動作和協調感當然超爛，但幾個來回，我聽到我的同學那邊驚呼並歡笑，因我幾次彈跳起來，都從那些俄文系大高個手中，把籃板球搶下。非常奇妙，這整件事好像一點意義也沒有，我們還是輸得非常慘，而且我一分也沒得，但我在那場上一次一次的彈跳抓到籃板，我們那些同學就爆笑的歡呼，好像我在表演著吞火球或獨輪車的特技啊。

九〇年代

風非常大，雨是斜飛著，確實像牛毛刷著臉，我們雖然穿著超商買的廉價雨衣，但整個和雨水貼在身上、褲腿，非常狼狽。眼前是一片霧中的灰綠田野，模模糊糊偶有大樹的影廓。這一帶當地人叫做「義牛塚」，據說有數百隻的黃牛，屍骨皆埋於此。但眼前就像塔克夫斯基的電影，那短草莖的原野，像牛的臀腰起伏著。天空雲層像大海的浪，也被風吹著跑，雲的邊沿鑲著銀色的滾邊，在這一片冥晦之境，竟只有那雲邊發著奇異的亮光。

我們互相罵著髒話責備對方，我、老盧，和阿鑫，我們都是森林系大一生，我痛罵都是老盧要把一個家政系學妹，下周想帶她來這踏青，要我們陪他先勘查路線；老盧則爆幹我，說我太胖了，害載我的阿鑫的摩托車爆缸，我們現在才在這荒野推車。阿鑫則睡眼惺忪，他昨夜跟廢材室友打麻將到天亮，結果還要陪我們倆神經病在山裡淋雨。但老盧說起這學妹，他非常焦慮，因為他約了學妹幾次到他宿舍，而兩人似乎無話可說，學妹有時會露出不耐煩的臉。老盧可是我們哥們裡的故事王啊，但不知為何一遇到這學妹，他便被捲進一憂鬱的漩渦。這樣回想起來，那年紀的青年，對自己存在的價值感，就是投擲向另一個人，她會不會喜歡你？會不會被你打動？我的宿舍裡，常都是這樣的失戀哥們，喝著高粱，嗚嗚呼呼哭著。

我們在那山頂，推著抛錨的機車，阿鑫說他那兩個廢材室友，人長得也不怎樣，馬子一個接一個換，為什麼我們這樣的好人，想真心交個女朋友那麼困難？那時我們突然在路邊的草叢，發現一隻小貓頭鷹，牠全身濕淋淋的，目光灼灼瞪著我們。老盧說：「這翅膀應該都摔斷了，可能是母貓頭鷹帶牠學飛，牠沒飛好，摔下來了。」我說：「但貓頭鷹不都是晚上出來嗎？」阿鑫說：「我們恐怕得把牠帶回去照顧，不然人家撿到了，我聽人說貓頭鷹燉湯可以治支氣管炎。」我們將那隻濕淋淋而顫跳的小貓頭鷹放進老盧機車的行李箱，感覺這天地間一切東西都水淋淋的。當然後來那隻貓頭鷹在我宿舍，第二天就死了。

九〇年代，我幾乎全待在陽明山上，住過溪邊、山坳，還有中山樓邊一條隱密狹窄的小山路，我好像都在那些鬼屋般的小宿舍裡念書，很怪，若說八〇年代，我的國高中加重考時光，我和小混混哥們穿梭台北大街小巷、冰宮、彈子房，我好像能清楚回憶那擦身而過的，那年代的種種人；但九〇年代，我記得的，是陽明山那冷到要在租屋裡燒煤炭爐，或是春天那從紗窗撲襲進來的腐爛花屍的香味，夜裡書桌燈下的各種昆蟲。我連課都很少去上。那是世界還沒有電腦、網路、手機的時代，宿舍裡的書，詮釋和這個島無關的新潮文庫，福克納、卡夫卡、川端、三島、杜斯妥也夫斯基、馬奎斯、莒哈絲、佛洛伊德、卡繆……都是這些，也不只我如此，身邊一些創作哥們也是如此。

有一次中午，我經過文化大學籃球場，發覺人擠人在看比賽，說是輔大來和文大校隊對打，我擠進人群看，媽啊原來鄭志龍是我們文大的，輔大則有朱志清和邱宗志，我整個看傻了，他們表演著那麼華麗，不該在這爛地方出現的高級動作，我身邊的這些廢材全和我一樣，一臉茫然，鄭志龍從底線飛身向籃框彈起，朱志清就像電玩主角飛起蓋他火鍋。我身邊一個戴墨鏡的混混說：「幹，那麼唱秋，等一下令爸去砍他。」這樣的腔口我何其熟悉，我們文大附近的學生宿舍，打麻將的、喝酒的、帶馬子同居而將女孩褻衣和我們男生內衣褲擠晾一起，或是在電玩店通宵賭機台，他們是我的同類，好像一個渦輪攪拌機被汰選的廢材，奇怪的被扔在這山上。那些藏在山裡的破爛宿舍，都是一些違建，房東阿婆後來都和這些廢材大學生情同母子，有一年仰德大道發生一車禍，一輛下山的260煞車失靈，司機讓車子貼山壁撞擊停下，車體整個翻覆，當時站在前車門旁的一些老人全死了，其中包含我那時租屋的房東。後來我遇到幾個住附近的哥們，他們的房東也都死在那場車禍，說來當時的感受整個像鬼故事。

到九〇年代末，我快搬離陽明山前兩年，有一次我們分租一山裡老屋的一位女畫家，帶了袁哲生和他女友來我們住處，我們第一次碰面時彼此冷冷的，可能互相知道對方，但互相要擺個屌樣子吧。後來又兩年，我吃胖逃兵，但規定還是得進鳳山陸軍官校受新兵訓一個月，再次複檢後才退役，某個營內休假，我在一棟營房前遇到哲生，我們倆躲到一樓梯間下方抽菸，他那時已抽到外島籤，對於我將要退訓回家非常暴幹，最後還把我胸前口袋的半包菸拿走。關於我和哲生第一次見面，是在我和女友的租處，我記得他們幾個坐在餐桌聊天，那個燈罩的流蘇有個陰影的印象，他的臉好像半在黃燈光中，半在影子裡。這個記憶，我連結著當時白曉燕案的殺手陳進興，據說逃亡出沒在我們陽明山一帶，當時全國震動，風聲鶴唳，警方懸賞一千萬，我當時開台破車在後山陽投公路，天色灰暗飄著枯葉，我想若陳進興突然衝出，恰巧被我撞到，那不是有一千萬嗎？其實當時租屋山中的女生都很害怕，還請鎖匠來宿舍裝上新鎖。當然後來就是他在南非武官官邸挾持人質，被侯友宜的特勤部隊包圍，然後對全國聯播了史上最會哈啦的演說，我記得他說了好幾個小時，本來興奮圍在租屋客廳的大家，後來都打瞌睡各自回房。「幹，他實在太愛說了吧。」

遇見哲生，陳進興被捕，連在一起的記憶還有（可能這三件事都靠很近吧），我和女友租屋房間的窗前，被人丟了一個廢棄冰箱，我們也不以為意，有天附近的阿婆告訴我們，那冰箱已被虎頭蜂築了一個蜂巢，這很危險，但當時住附近一個也是文大的傢伙，好像很有經驗，他說他來搞定，然後他拿了罐油性殺蟲劑，穿了全身雨衣和安全帽，然後對著那破冰箱的蜂窩，噴出毒氣時用打火機點火，我在一旁看他像越戰美軍的火焰器，噴出整坨火焰，燒得那些虎頭蜂茲茲成焦炭。

同樣那租屋，有段時間，邱妙津會搭公車上山，我們一群創作哥們，在其中一人的宿舍，圍著她，盤地而坐，煞有其事的爭辯文學，爭辯什麼我其實不記得了，但我們好像都覺得將來我們會寫出非常了不起的作品，那樣一副波赫士、昆德拉是我們遠房表親的臭屁模樣。如今的年輕人，應該不會那麼顛倒夢幻，噴出的鼻息那麼濃郁的太宰治啦、芥川啦，就覺得自己是這世上靈魂最珍貴的神獸吧？

我這些記憶好像跟後來聊起的同輩的「九〇年代」都不一樣，事實上當時正是解嚴後，媒體噴發，台灣社會文化思想最有活力的十年，我身邊的哥們開始用電腦、玩網路，但我還是個懵懵懂懂的山中青年。後來我分別不同時期和蔡逸君、何致和、張萬康，這些當年不同系的也是文大的聊起，我們在陽明山蟄伏鬼混的時光，都有種熟悉的氣味。當時我身邊會認識這樣的朋友，會帶我們下山到台北的影廬或太陽系，在那小包廂裡，介紹我看小津、大島渚、楚浮、雷奈、柏格曼、塔克夫斯基……，這朋友也不是電影系的，日後也非創作者，但很奇妙的，都是口耳相傳，像一種離台灣非常遠非常遠的情感教育。事實上我覺得我現在是活在另一個世界，九〇年代活在其中的我和身邊的人，很像是2D投影，金箔壓扁的另一個世界。後來看那些什麼祕密檔案節目，才知道在我們這些小屁孩在山中各幽僻處胡鬧、冒險，之前二十年，那裡可是蔣介石的活動之處啊。我的房東太太，就有曾在中山樓當餐廳女侍的，還有曾經在草山行館附近的人家當下女的。草山行館那時還沒被火燒，就是一棟廢棄的大空屋，一旁同樣廢毀的侍衛房舍，被一棵大樹穿破屋頂，樹根則立體盤錯，覆滿綠絨絨青苔，整個畫面像宮崎駿的《天空之城》，我們一群男孩女孩，會在夜裡翻牆跑進去一旁一棟被火燒過的別墅，我們不知屋主是誰，那屋梁結構焦黑頹圮、遍地碎瓦，且經雨水淋澆，布滿綠色藤蔓，有一台燒黑的冰箱，孤伶伶立在月光下；一旁也是燒毀的浴室原址，玻璃全破，但裡頭的浴池，滿滿的浮萍、布袋蓮。那個空間對年輕時的我，充滿魔力，我後來自己又跑去幾次，在廢墟中想翻找以前這屋子主人留下的什麼，我找到一些燒毀邊沿的黑膠唱片套，是蕭邦的《夜曲》、《馬厝卡舞曲》、《月光曲》。

我的九〇年代好像活在一個電影播放室裡，它和山下那激烈變動的社會脫離著，我認識的人，都像透明水族箱裡洄游的魚，發著漂亮的光但不真實。但一切都只像一個粗糲、貧乏年代最後的補課，好像長出許多我們的父母並沒有的觸鬚，款款擺動，自成迷宮腔室。我要到很多年後，結了婚，或後來和長輩喝酒，生了孩子，混咖啡屋聽不同哥們的身世，認識一些有故事的大哥，或後來身體漸差，常跑醫院、牙科診所、按摩店，我好像才慢慢有「社會」的實體感。

暗戀

那個女孩是我國三時暗戀的對象，那時我是班上最後一名，那個挑選過的超級好班，才十五歲就形成一種森然的，將我這樣的失敗者排拒在外的透明牆壁。女孩坐我隔壁，與班上那些蠟黃著臉讀書，沒有少女氣味的女同學不同，她多著一分那種壞班女孩才有的愛美心思，頭髮雖然規定要剪齊耳以上，她會在髮尾動點手腳，前額弄個劉海，就跟一整教室的鴨屁股女孩不同；用的筆啊、橡皮擦、筆記本，都有一種淡淡甜香味；那難看到不行的深藍夾克、深藍長褲，她也會在布料或袖口領口變些小花樣。大小考試她都罩我借我抄卷子，那可是冒極大風險。但她當然不會對我有一絲心思，我還常幫別班的男孩，拿情書轉交給她。

聯考放榜，她考上第二志願的女中，我毫無意外的落榜，進入重考班。據說她上高中就玩瘋了，像小鴨子終於掙甩羽毛，成了個各校男生口傳的大美女。但她交了一個男友，是個念東海大學，身高一八六的籃球校隊。那已超出我那年紀能想像的邊界之外了。我則是在重考班裡交了一些「壞朋友」，終於上了高中後，打架鬧事，記滿大過被留校察看，後來考大學時，又落榜，又進了重考班。也就是說，當我好不容易在那吊車尾的私立大學，成為大一新生時，我的國中同學們，都已是大三生了。

我上了大學就轉了性，像發瘋一樣在山裡小宿舍苦讀，那些西方大小說啊、存在主義啊、佛洛伊德啊，系上的課也沒去上，頭髮鬍鬚蓄長的像個拾荒人，和周邊大學生們完全活在兩個世界。大約我大三時，又和女孩聯絡上了，那年代並沒有電腦，也沒手機，我如今回想，這樣的再聯繫，真是珍貴。我還是沒交過女朋友，完全缺乏對女生的知識，但可能滿腦袋裝滿生吞嚼不爛的什麼昆德拉啊，馬奎斯啊，三島啊，川端啊，卡爾維諾啊，我的內在有一些和同齡人完全不同的玻璃迷宮，知道人性更黑暗的形態，像火山噴口往下望的瘋狂的風景。而她也走了不一樣的路，大學沒考好，畢業後去當空姐。我們倆約會吃飯時，她完全聽不懂我說的那虛構世界的怪異辯證，但她有一顆自由的心，她會興高采烈跟我說著空姐生涯的趣事，對了，還有許多黃色笑話，空姐的工作非常苦悶，很長時間待在飛機最後的餐廚準備小區，於是老鳥就會跟菜鳥說許多不可思議的黃色笑話。但我們這樣的約會，並不是情侶，她好像還是把我當作那個，國中時坐她旁邊，永遠最後一名，靠她考試罩我，而永遠沒長鬍子和喉結的小男生。她說她大學時交一個男友，家裡非常有錢，但走偏路沉迷賭博，輸了非常驚人的賭債，還會人模人樣去父親朋友的公司借錢，最後大家都傳開了，整個聲名狼藉。她決絕就和他分了，這傢伙某天竟埋伏在她家公寓下，要拿刀刺她。還好被她媽撞見，覺得有異，報了警。

我記得有次夜裡，我帶她到文大某棟建築的頂樓，夜涼如水，我們靜默的坐在那中國式飛簷的剪影前，我不知她為何會跟我這樣上樓，當時我呼吸急促，但我非常緊張，我不知道其他男孩這時會怎麼做？我粗著嗓音對她說：「你過來。」她嫣然一笑說：「不要。」但很怪，她並沒有生氣，或讓我感到羞辱，我們還是像兩小無猜坐在那頂樓看漫天繁星。其實她是比我擁有多許多經驗，所以從容而寬諒。那之後我或是負氣，就沒和她聯絡了。很多年後，我成熟些了，回想起來，那宛若我無賴些，夾纏些，說不定我們那時就在一起了。

哥們兒的情書

我一個哥們，大學時狂追他們班的系花，那是個富家千金，當然那年代我們這些廢材，無法對所謂富家女有任何實體細節的想像。就是偶像劇裡那窮小子騎小公主在山路歡快飆車嘛。這到我現在這年紀，便無有驚怪，知道那階級的差距，物理學意義上，他們時間到了必然要分。我這哥們是個非常重情義之人，我們都喊他「蕭峰」，真要分的時候非常痛苦，時間拖得頗長。後來是那女孩竟懷了別人的孩子，他才決定放棄。我們這些哥們多少都受過他的仗義，考試時考卷讓我們看一下啦，惹到高三的學長一群來教室找麻煩，他一堵門口，武松那樣的漢操，學長們摸摸鼻子走了。這時看他一個英雄好漢，喝醉了哭成那樣，像玉山崩頹，我們都不知如何是好。有一天，他拿了一大紙袋，裡頭塞滿厚厚的信。他說那女孩也真夠絕，把相戀之初到最後，他所有寫給她的情書全退了。他不想再看到這些像靈魂已被吸光的情書，請我幫他保管。也許等很多年後再還他。

幾年後我們各自結婚，他後來這妻子是個好女人。我們也替他開心。後來我搬了次家，從陽明山搬至深坑，之後妻生了兩個孩子，當時真是混亂成一團。有天我想起我好像把他託我保管的那一袋情書搞丟了。我完全想不起我把那包情書擱哪了。爬上收舊物的閣樓找了好多次，就是找不著。但我想他們現在夫妻感情好，應不會再來要那段情傷的證物吧。後來他們也帶孩子來我家，兩家小孩玩在一塊，大人則坐沙發聊天，我心裡也曾晃過一個念頭，他的妻兒們，不知這屋子裡某處，藏著某一包，他們家男主人生命中某一段時光，最刻骨銘心的愛之證物。

幾年後我又搬家了，搬進城內。那屋子借一好友住了幾年，之後這好友又搬走了。他留下的雜物，和我們當初留在那屋裡的雜物，像時光的化石岩層。當初搬離時捨不得丟的嬰兒車啦，小孩那時的衣服啦玩具啦，現在孩子們都大了根本用不著了。或一疊一疊的書，發霉的，被白蟻蛀成粉屑的。某次就找了環保公司去，把那像垃圾堆的屋裡，所有東西都清掉了。那房子像一蛀牙被拔掉的槽洞，空在那兒。

有一天，我這哥們突然約我到咖啡屋，聊了幾句，問起當年那疊情書。我一時反應不過來，不知怎麼解釋它們在好多年前，就混雜在我可能後來一次大清除的雜物之中，我自己都弄不清楚是在哪一次的變動中搞不見了的。但我也有點惱，我們的孩子都十五六歲啦，眼前我倆就是兩大肚腩大叔啊。你這時來跟我要當年託我保管的那些年輕玩意，是我沒好好收藏，但他媽這和這十五六年難以言喻的艱難生命，根本無法相提並論嘛。我騙他說，我把它們還藏在那深坑鄉下房子的閣樓裡，要找可能要費勁些。

我哥們說，他會這時突然想到那疊情書，是因輾轉從從前大學同學那聽到，那個女孩，不，女人，那些十幾年前情書原本的主人，就在不久前，罹癌過世了，說來四十五六，也不前不後，不知算這樣過了一生，還是算半生。

墜車

我念研究所的時候，還住在陽明山上，有一次我的鐵哥們炮輝從軍中退伍，我們一共三人到天母的pub喝酒慶祝，那時二十多歲，到pub還有點到遊樂園、糖果屋的意味，大喇叭放著重金屬搖滾，周圍男男女女，在暗影和光蛇游竄中搖晃。我們亂點那些調酒：長島冰茶、瑪格麗特、金湯尼、塔克拉碰……，總之喝到後來已眼珠舌頭都覺得安置它們的框框不夠，好像都往外擠。說話也開始胡言亂語。炮輝突然拿起桌上一小籃炸雞，對我說：「駱，你如果把我當哥們，就吃了這炸雞。」他們都知道我吃素多年啦。我愣了愣，說「好」，就把那些雞腿雞翅啃了。兄弟當然覺得窩心，夠爺們，大家又亂乾了幾杯。然後我們醉醺醺走到街上，開我的車。那時真是年輕亡命啊，如果那時有警察攔下作酒測，肯定血中酒精是超高濃度。但我們之前在山上時，也常是這樣一夥人在誰那狂喝，喝掛了我開車送女生們一一回到她們各自宿舍，最後還能硬撐著，在一片迷糊中開車回我住處。我總覺得自己是意志超強之人，況且載著這兩哥們，回山上的那段山路，我熟到不能再熟。他倆歪坐在後座，根本不省人事，車上還有一隻可卡犬，是我當時追的女友她妹妹的愛犬，因為她爸反對，就託我帶上陽明山養。

那段山路，這麼多年後回想，真的像夢中之境，像雷奈的電影，不斷的蜿蜒，在覆蓋的樹影下迴旋，那引擎聲慢慢變幻燈機轉盤的畫外音，我的眼前視窗變非常小且模糊，盯著方向盤、駕駛儀表，還有車前燈照出光弧的路面。我應該是在這段盤桓上坡路，就頂不住酒意睡著了。

突然就一陣巨響，眼前一片燦亮，那強光照進車內，像有無數人拿著鎂光燈對我們狂閃，包圍著我們是引擎巨大的狂響。那隻可卡犬不斷該該哀叫。我們的車是在一頭下尾上的傾斜狀況。後座兩人都驚醒了，大喊：「怎麼了？怎麼了？」後來炮輝說當時他以為我們已在天堂了。原來我在睡著後，竟又像自動巡航開了好一段山路，終於在一大迴彎處，撞斷路邊的反射圓鏡，撞倒一個水泥護墩，車子衝出懸崖，還好那裡有一大叢芒草，把我們掛在那兒。我驚醒時眼前銀光燦爛，就是車頭燈打在整片的芒草幕，反射的強光。我腳還踩著油門，引擎空轉，所以會發出那像恐龍咆哮的巨吼。

我們提著籠子裡的小狗爬回路面上，陸續經過的車輛停下，跑下圍觀的人們，讓我們好像在拍電影喔。有一隊開四輪驅動車的情侶，大約是那種山野越野車玩家，他們拿出一截非常專業的拖車繩索，分繫他們車和我的車的車尾，但或是那輛車的噸數不夠，它的引擎嘶吼，但就是拖不上我們的車，那條專業繩索還斷了。後來是一輛山上苗圃花農的大卡車經過，被眾人攔下，這大傢伙輕輕鬆鬆就將我們那底盤已稀爛的車拉上來。我們把那毀掉的車扔在路邊，搭便車坐在那卡車的後車斗，驚魂未定，像從鬼門關跑一趟回來。我對炮輝說：

「就跟你說算命的說我是羅漢，不能偷吃肉，你看立刻降下這麼大懲罰。」

阿婆

她先描述了那所充滿「咆哮山莊」意象的私立高中：那是約在民國七十年（或更早幾年的辰光），那所學校像孤島矗建在台北縣某座荒山上。師生盡數住校，每逢週六下午整批接車穿過荒煙蔓草中的產業小徑，到半山腰的雙線馬路，搭每小時一班的公路局回家。到禮拜天再各自回校。主要是從公路局站牌（像《龍貓》卡通裡那安靜的山路邊站牌），循那產業小徑上坡的那段（約三十分鐘腳程）路，像在波浪搖晃比人頭高的芒草迷宮裡穿梭，學生們總是約好一群一群一起上山，像她這樣的年輕女老師，也機靈地趕在五、六點天黑前，跟著那滿山草浪裡，三五成群或十來個一夥，小羊般的男孩女孩隊伍，壯膽一起（像掃墓的小人兒？）爬那段小山路。

那段路，一邊是崖谷，一邊被銀白花眼或整片鬱綠灰黃的芒草掩蓋的土坡，但風起草低時會露出讓人驚懼的風景：整片捱緊的亂葬墳頭，一疊一疊年代久遠或已被後來之墳覆蓋的無主土饅頭。白日天光下狼狽地撥草穿踩經過它們，不覺陰森鬼氣，只覺得無數「死去」時間破碎累加著，且被荒棄，與人世無關，那樣的空山曠野中的悲哀。

這段「墳間路」穿出芒草陣後，還有一小段較陡的產業道路，散住的十戶以內的農家，路一旁有一條排水溝，一邊植滿整片竹林。應都只剩一些老人了。要穿過那水溝的一段，大雨後總成泥水流，老阿嬤們便將墳堆靠外側一些頹圮倒毀的墓碑（好石材啊）搬去鋪列在溝渠裡當通行之路鋪。她和學生們每走到那段，腳踩著一塊塊上頭猶陰刻「潁川堂」、「顯考王老夫人劉氏之墓」的石板，心裡總覺得怪。但老婦們似乎自以為於生死之界的實用主義，溝邊一側斜倚著五、六塊同樣有雲紋或山形箍頭裝飾的墓碑，充當她們的洗衣板。

比較可怕的是，民間撿骨之習俗，有些墳頭被後人挖開後，也不將土掩埋回去，就晾著那一口黑洞洞的窟窿，齊頭芒草一壓倒，像突然出現一對著天空張口乾嚎，無牙的嘴。

那天，禮拜天晚上，她陪父親吃飯，已錯過那學生返校人潮的「魔術時刻」。之後又貪看電視一部美國影集，等發現啊該趕回那超現實之境的荒山上的學校，已經十點多了。她又驚又急，在老父面前又裝著淡然無謂之貌，趕去（她家在南京東路盡頭）公路局站牌時，還好趕上最後一班空蕩蕩，所以特別感覺其老舊，行駛時金屬結構搖晃嘰嘎像要解體、登山路時引擎咆哮、司機換檔、似乎停住爬不上去的巴士（她說：簡直是我的龍貓巴士嘛）。

然後，就是她下了車，自己孤伶伶黑暗中站在那片漫野荒墳之海的產業小徑前，準備攻頂。那公路局站牌旁一間老柑仔店（這時也已裝上門板關店啦）外頭有一架公用電話，她撥去學校宿舍，請某個男同事可否好心騎摩托車下來載她這一段。但雜訊的背景聲似乎那些苦悶的男老師正在打桌球，大戰方酣，這傢伙竟拒絕了她（想想其實也都不過是二十四、五歲的毛頭小夥子）。

那時又下著雨，她便蹬著高跟鞋穿著洋裝，撐把小傘，狼狽不堪地，像夜海小舟任黑浪起伏翻湧，鑽進那芒草墳頭陣裡。

我以為她要說的，是那段時間意義被更改扭曲的芒草之海泅泳的神祕經驗，無數死去亡魂的稀薄之手，像海葵觸鬚撫摸著她、包覆著她，且像電影，有一段悲傷的黑人靈魂薩克斯風作為孤單的背景音樂。但她跳到「呼，好不容易我鑽出那可怕的芒草迷宮，踩過那大排水溝上那段『墓碑小棧道』，終於剩最後一段陡坡了」，她已可看到頭上方，那從來沒對它這般充滿感情的，燈光閃閃的學校樓棟。

這時，有個非常矮小的阿婆，戴著一頂斗笠（那斗笠形制非常古舊，像《龍門客棧》裡俠客戴的帽盔處極小，而帽沿像荷葉那樣極寬的展開的十字錯竹編斗笠）、穿著青兜褂、黑布肥筒褲，從她一旁另一處芒草叢鑽出。她內心暗喜這段路有人相陪。斗笠阿婆和她並行，但始終不側過臉看她，也不搭訕。較奇怪的是，她走得非常急（怕夜工伯伯關上大門，喝老酒睡去，那時她年輕，恐懼那種拍鐵門呼喊的窘境），但這阿婆的腳力竟和她不分軒輊，始終在陡坡保持在她撐傘雨珠側邊暗影視線的一旁並肩疾行。

經過那些農舍附近時，狗吠聲遠近歇響。然後走到校門口路燈下，校工伯伯門已推上一半，埋怨地說就等她要關門嘍。她一轉頭發現那一路並行的斗笠矮阿婆，不知何時消失不見了。

此事她沒放在心上，到了學期末寒假前，遇到一個平時不顯眼的學生來辦休學。她迷迷糊糊問那看起來似乎哪怪怪的男生，是怎麼了？這孩子說：「老師，我已經請假兩個多月沒來上學，妳都沒發現嗎？」

細說原由，原來這孩子這兩個多月「被鬼迷了」，一直住在醫院裡，也檢查不出什麼病。整個人恍惚失神，父母找了道士法師幫他「驅邪除煞」。他才想起「變傻」前最後記憶，就是某個星期日回校的同樣那段山路。那時天還是亮的，但他落單了，就是走到那芒草叢盡頭，穿過那老墓碑鋪墊的大水溝，那時，他轉頭看到——他這段描述的長相、模樣就和她那晚雨中相遇的絕對是同一個人——一個穿青灰襖褂黑衫布褲的矮小阿婆，從一個挖開的廢墳窟窿裡鑽出來，兩腳離地，飄著飛過他的面前，而且距離近到鼻尖貼鼻尖，移動中用老人的眼珠始終盯著他。然後鑽進較遠處另一墳窟窿。不見了。

謝小姐

我念大學時，住在陽明山上，搬過幾處住處，都是藏在山中各偏僻處的違建小屋。最後那三年，我租住在中山樓（就是當年老國代們選出老蔣總統、小蔣總統的那棟中國古代建築）旁一個叫「紗帽山」的小圓山丘山腰，要爬近百階台階，才到宿舍。那裡原先據說是日本人的「毒蛇實驗所」，戰敗撤走時把實驗室的毒蛇全野放進山裡，所以即使在我們那時已五十多年了，走在濃蔭密覆的步道，還是常一瞥眼，樹梢上、路旁水管，或直接就在石階上，一條青竹絲，或龜殼花，吐信對峙，然後像水流蜿蜒游走。女生住處那裡，也常聽她們尖叫，碗口粗的蛇盤在瓦斯桶旋鈕上，或屋簷下垂著，他們通常會去找消防隊幫抓蛇，而消防隊也超樂意的，我看過他們把捕來的蛇，全用高粱泡成一玻璃缸一玻璃缸的「大補酒」。另有一個日本人留下的足跡，就是某次我找我養的狗，發現我們住處後面整片山坡，種著一排排茶花，有白茶花、粉紅帶血色斑的，樹叢之下，覆著不知多久無人煙的枯葉堆，那些茶花，不可思議的碩大、明豔，想是之前這山坡的主人（我想是否就是那毒蛇實驗所的長官），好此風雅，在此栽種，人走而整山坡茶花成了野株，被我意外闖入，整個像一片仙境。

那時我們這邊的宿舍，是房東阿婆搭在他們頂樓的違建，分成四間，全租給男生，我和另兩廢材哥們租了其中三間，另一間則是個怪怪的，大學生就長得（衣著談吐也是）極像個戶政事務所科長的傢伙。我們隔壁棟，也是另一個房東阿婆，把樓上搭了一間違建，租給一個叫謝小姐的女人。樓下則是分租給一群女生。那個謝小姐，我們後來才知道她曾經在酒店上班，年紀大我們一輪，身材窈窕，且常穿著短裙、背心在她陽台上做瑜伽。那可是讓我們這些二十出頭又沒男女經驗的大男生，看得直流鼻血。我們裡頭一個念日文系，叫小賢的學弟，他的房間就貼著隔壁陽台，每次謝小姐開始做瑜伽了，他就把我和另一哥們叫去他房間，我們隔窗觀賞著那抬腿、彎腰、左搖右晃的美麗身體。對我那年紀來說，謝小姐代表了和我們周圍那些大學女生完全不同的，所謂「粉味」，有點像太濃的茉莉香膏，其實就像小說裡說的「妖精一樣的女人」，那在我們的經驗世界之外。

那時我後來的女友，正就和一群女孩分租在謝小姐家樓下的一棟老屋，她們是同一個房東，那屋子很妙，沒有浴室，但房東太太在屋前挖了個地窖，裡頭砌一極大的溫泉池，她們每天泡澡，都是泡冒著白煙的溫泉，但必須跑出戶外，鑽進那地下溫泉室。（可能是溫泉的硫磺會腐蝕電器和管線，所以山中老人們都知道挖溫泉池要離開屋子。）這時我常聽那些女孩們發牢騷，說謝小姐常帶一些看去不是善類的男子，招待他們泡溫泉，有時甚至男女共浴。女孩們覺得居住安全受到威脅，甚至大家共泡那浴池，她帶那些不三不四的人進去，萬一傳染什麼髒病給這些清白女孩怎麼辦？他們大約去跟房東太太告了狀，房東太太也警告她了。說來這頗尷尬，但謝小姐不知是樂觀呢，傻呢，或是在社會打滾多年的世故，她碰到我們，仍是笑咪咪的打招呼。

那時我正辛苦追求女友，可以說那真是苦戀，她當時還和交往四年的學長在一起，無法切斷，所以我模糊記憶裡，那段時光我們總像在拍瓊瑤電影：爭吵，她哭泣，而同住的那些女孩不祝福我們反而孤立她。有一次我們在路邊大吵，我憤而騎摩托車飆走，竟撞上一堵牆，整個摔翻在地。她是個很靜的女孩，有次被我說了重話，回去後竟把屋內所有感冒藥啊止痛藥啊幾十顆全吞了，然後我嚇得半死載她下山掛急診。

後來我們就真的在一起了，奇怪那些室友女孩全搬走了，變成我們倆租下那整個一樓。有次謝小姐邀我倆上樓，在她家泡茶，原來她是個奇石收藏家，整客廳大大小小，各種奇形怪狀，紅橙黃綠藍靛紫各種顏色，結理的奇石。她拿出各種石頭給我們觀賞，我們確實看得目瞪口呆。這時的謝小姐，帶有一種台灣很多小鎮，都有這種玩石頭，或鯉魚，或是玩壺泡茶，或是收集達摩雕像的生活藝術家氣質，他們其實學歷不高，眼界有限，但抓著他們玩出小規模的某個品項，說話便帶著些仙氣禪境。我看她桌腳有些大塊的或玫瑰石或黑曜石，那價格怎樣都非一般人能收，想是否她的某任男友是黑道老大，這是人家留下的。

後來我和女友結婚了，再一年我們就搬離陽明山，離開山之後，好像暫停的鐘面，指針開始移動，我們進入城市裡所有人一樣的嗶嗶快轉的時間：

妻子懷孕、小孩出生、為生活奔波、被長輩叫出去喝酒、出書、座談、父親過世、小孩上小學……，離開陽明山的時間，十年，然後二十年了。那變成一個《去年在馬倫巴》一般，綠光盈滿的夢境。

有一次我和友人約，上陽明山，在公車總站旁的一家義大利風西餐廳談事，突然一個穿著女僕裝的服務生非常熱情的喊我，我幾乎過了十多秒，才認出她，是謝小姐。不可思議的她變成一個老婦了，當然我不讓她看出我內心的震撼，怎麼回事？山下的鐘和山上的鐘，不同轉速嗎？或是那時我們二十多歲，其實她已四十歲了？只是保養得宜又baby臉，當我們跨過三十，四十，她恰跨過那原本串好珠鍊，終於斷線散掉的年紀，直接成為和我印象中，那些房東太太一樣的，住在山裡面的老太太了？

表錯情

大二時我從森林系轉到中文系文藝組，那時常蹺課，租處在山裡，離學校頗遠，窩在自己宿舍讀那些杜斯妥也夫斯基啦卡夫卡啦福克納啦芥川啦，一些志文出版社的翻譯作品，和真實世界似乎視網膜剝落那樣朦朧。念了一學期，班上叫得出名字的沒幾個，可能同學也把我當邋遢怪人。好像是到了下學期，有一次在大教室，隔壁坐一女生，嬌小甜美，或是上課無聊，傳了張紙條給我。我也不記得是怎麼開頭，我又回寫了些啥麼，總之一來一往筆談起來。原來這女孩也是轉系生，大約是發牢騷說對這所謂創作系，開的大部分課，非常失望。我那時根本沒交過女朋友，主要是對自己外貌自卑，說實話那年代也很保守。之前的森林系，全班四十多男生，六個女生，我的鐵哥們全是哈啦廢材，但見到女孩即面紅耳赤的。這個轉系生美女後來約我去她宿舍聊天，現在回想我真是君子，兩年輕男孩女孩對坐茶几，就是談小說、靈魂、人性。我記得她穿著那種藍白格子的大洋裝裙，像花瓣鋪展在踞坐的下盤，真的很美。她是教會的，跟我說起教會有些女孩，平常來上學看去平庸不出眾，但晚上是盛裝去一 piano bar 彈鋼琴，會和一些老男人糾葛不清；或說起某些女生，少女時期被自己親哥哥或表哥性侵，在教會中祈禱時常痛哭流涕。這些故事在當時的我聽來，都非常驚異，那完全是我平時接觸的廢材哥們不可能聽說的，女性的、幽微的、像《咆哮山莊》那樣壓抑又瘋狂的情節。後來另一次，我又去她宿舍，她告訴我她之前有一男友，在台中念東海大學，他們從重考班就在一起了，她一直認定將來就是他的妻子了。但有一天，我們學校期中考考完，她突然靈機一動想給他驚喜，跑去台北車站搭那種前後座都坐三人的野雞計程車，直奔台中。她坐那車的前座中間，司機也是滿臉橫肉，另一位乘客也像殺人犯，她被夾在中間，害怕又堅強的到了台中，她男友出來開門，竟是跟另個女孩同居。她說到這就開始哭，天啊，我那年紀，眼前一個美女淒楚的流淚，我心都快碎了。但我連上前擁抱她都不敢。

我不確定回憶的折光有沒有搖晃，修改了三十年前的玻璃球景致。我記得那是春假前，有一天她給了我一卷錄音帶（那個年代的聲音收藏道具），是潘越雲唱的〈最愛〉，歌詞我就不重述了，最後的一句不斷迴唱「以前忘了告訴你，最愛的是你；現在想起來，最愛的是你。」

在我們那個純情年代，這，這就是一個女孩在跟一個男孩告白了吧？我被一種杜斯妥也夫斯基式的狂騷激情和幸福感衝襲著。那女孩住宜蘭，於是春假某一天，我拉我的鐵哥們一道，搭火車去宜蘭找她。我在宜蘭火車站打電話給她，但這好像讓她受到驚嚇或訝異，她帶著另一女孩，各騎一輛摩托車來火車站找我們，然後我哥們和我一台，她倆一台，很怪的，她變成一個非常盡職的在地導遊，引著我們騎機車到宜蘭哪個湖泊，哪條河邊，或某處山路，都美得不得了。但似乎我以為的「她對我告白」這事兒，並沒有存在，是我弄錯了。整個過程，她反而還和比較俊帥的我那哥們，調笑，兩個走在一起說話，變成我和她那姊妹淘沉默跟在後頭。時間在流失著，她似乎在避著我，我也慢慢意會到我弄錯了、誤判了訊息，那年紀像柔軟的貝肉並沒有外殼保護自己，大約中間某個時刻我就關機了，在一種羞辱的情緒中捱著。後來我們告別，回到台北，春假結束，這女孩又打電話約我去她住處，我便拒絕了。那是一次「弄錯了自己的角色」，一種愛麗絲發現自己忽大忽小的錯亂，然後你學會在日後的人和人的試探，不會再那麼糊塗、慷慨，把自己交出去了。

廢園

我們撬開那鐵門上插的一截樹枝，推開門，眼前是一片斷宇頹垣，熏黑的孤立磚牆，開膛破肚翻出紐絞的鋼筋，原本是窗洞的位置，還殘留的當時烈焰中爆裂的玻璃鋸齒，或有焦黑的木柱，古怪的立於滿地殘磚碎片中。在這些廢墟中，長出了一株株小樹，月光灑下，還有一架燒黑，表面冒突泡狀凸粒的冰箱，矗立在沒有屋頂，然藤蔓橫掛的瓦礫旁，整個畫面超現實而詭麗。

一旁有處沒塌毀的邊間，裡頭是一整個浴池，周邊環繞著窗，當然那些玻璃已殘破碎裂，但可想像原來的屋主，多麼有生活的情趣，想想在這樣的月光下，在那樣一間可以賞覽庭院花樹的浴池泡溫泉，是多美的享受。而現在那橢圓浴池，長滿了類似布袋蓮的水生植物。

我們踩踏那原本鋪了木頭地板，大火燒空後又經不知多少場大雨，那泡爛的地基，找尋這時間之屋，在它被某場大火燒毀之前，原本住這的主人，留下的證據。我記得我們竟找到一疊封套熏黑，又泡過水，但沒被大火吞噬的黑膠唱片：蕭邦的《小夜曲》、《馬厝卡舞曲》、《月光曲》。或許還有燒毀剩餘的書骸，焦黑的畫框，熔剩一半的皮鞋。當時我和身邊的男孩女孩，都只是二十出頭的大學生，我們各自住在陽明山山裡的學生宿舍，一群人騎車出來夜遊冒險，其中不知誰提議這一帶有幾間已成無人廢墟的昔日豪宅，就挨在當年老蔣草山行館旁。那對我們而言，說不出的神祕，那個年代，沒有比這曾經在戒嚴年代可能是某個將軍、國代或國安高層的宅邸，如今人去樓空，無人荒園，更吸引年輕人了。簡直就像瓊瑤《庭院深深》的場景。

我們從那塌崩缺階的樓梯爬上二樓，所謂二樓其實就是那廢墟一角的上沿，男孩們點燃香菸，黑影中彷彿在沉思的抽著；女孩們則唱起歌來，那歌聲在一片銀箔的月光下，像森林裡的女妖。說來那時真是太年輕了，男孩或有喜歡女孩其中某一兩個的，女孩或也有對男孩之中哪個有意的，但好像都被年紀和時代的保守壓抑了，只能在這怪異場景裡，略大起膽子，表現比平時像夢遊，或像電影裡外國藝術家的瘋瘋癲癲。像柏格曼的電影，像塔可夫斯基的電影，像《去年在馬倫巴》，像安哲羅普洛斯的電影……

這樣的「闖入別人曾經生活於此」的空間，可能曾經發生於此的，壓抑的，愛或嫉妒，哭泣與耳語，遠超出我們平凡的生活，那或成為我日後對小說的執念。

畢業後這群人自然分道揚鑣，男孩當兵，女孩有些比較早結婚，但無法避免都進入社會，過著比年輕時想像的要平凡許多的人生。我竟沒再和他們中任一人再遇見。

・如・夢的・繁・華

給下一輪太平盛世

我記得我在文學營的大學草坪，跟某個女孩說，不要急，這事最急不來的。或者是，我曾對某個年輕創作者說：「你非常棒啊，你是發光的天才。」後來我被不同的哥們笑謔，給了個標籤「爛好人」。其實我深嘗過那樣的苦。靈魂的內裡，像遙遠的木星承受著黑幽宇宙無數隕石的擊打，裡面閃電、雷擊，瘋狂的氣流漩渦，暴風圈，但整團是氣體，沒有一絲著地之處。或許是不存在的，暗黑的對面，他們虛構了一顆「歲星」，可以度量人世間的時間。年輕時的我可能用那暗影想像著「自我」那個巨大氣旋，什麼形式都還沒被創作出來，被寫下，但就是相信有一天，一定可以像伽利略號太空船，環繞木星飛行，觀測那顆巨大天體，最後讓自己也成為隕石之一，往無邊暴風雲層氣漩墜落。

當然不容易了，我認為我在不同次的同行的新書發表會，講出我對那作品解讀的神魂顛倒，我猜那說我爛好人的哥們，他們會知道我是真心的，如天文同好，真心地被他們所觀測到的，感動，激動。他們會知道我讀懂了那作品難處之所在。我不是評論者，我是以同在球場作極限競技的頂級球員的心，在讀那些同業的難之又難的布局，他發動的文字戰爭，一個漂亮的小說的起飛，迴旋，飛行過的幅員，看到高妙處，我會擊節叫好。

如果有所謂的「給下一輪文學的啟示錄」，我想我恰在一最不適合說此話題的時間點。也許三年前我說這個，會是一篇充滿力氣的文章；也許十年後，若我繼續交出兩三部自己心裡過得去的長篇，也許那時我較心安於以一老師傅的身分，給一些備忘錄之類的。這兩年多我的狀況太慘了，迫於生計，各種零碎的、低價的演講，體能不堪負荷，生了兩場大病，病後身體元氣大傷。享用接專欄的方式省力些，但專欄若接了四個以上，那樣的書寫，完全像活在「榨腦漿地獄」，大腦像可憐的老婦人的子宮，一有剛受孕的模糊胚胎，立刻被搔刮而去。這絕對不是個好方法。這兩年，我已跑過四五場演講，講完是沒有酬勞的。如果說是那些充滿夢，但也辛苦在貧窮線撐著的，在小鎮的獨立書店，那我甘之如飴，但有頗多場是感覺極大的單位，給的演講費，比我給孩子家教兩小時的錢還少。

今年文學營，在教室走廊遇到一多年前兼課，大學創作課的學生，他是個標準的文青，我印象中後來在不同的演講場合，常看他坐在下面，包括那夜晚暗影在小小書房的講座，每次結束後我總急匆匆要走，他會混在其他圍住我問問題的文青身後，靦腆的和我打招呼。我記得他說在補習班當導師，但多年來還是創作不輟，得過幾個新詩獎。在文學營走廊，我問他現在如何？他說這幾年父母都生病，他辭了補習班的工作，當銀行保全，錢較少，但有多的時間可照顧父母。

我遇到的年輕創作者，如果充滿夢的灼燒，但幾年後再遇，莫不是在和貧窮鬥爭。這是真實的景況。我也遇過年輕時風光，後來落魄的老前輩，但他們至少曾見過輝煌之夜，和這些從年輕即在一乾燥花流水線，沒有餘裕去撐開文學哪怕只是賣火柴女孩點燃三根火柴的光暈，那是不同的。

回想我近三十年的創作時光，或真正成為所謂專業作家，以書的形式確定自己進行的，是一件真的志業，而非顛倒幻夢，則是二十年，這之間得到一些長輩的提攜，朋友的激勵，那於我是真正的文學時光的無比幸福的鎏金印象。我想這是我想對下一輪的創作者說的，文學的友情何其珍貴，神祕。老實說，我一路遇到一些我極愛重的創作朋友，他們都不太滿意我不同階段的創作，我會非常憂煩痛苦，覺得某些超出自己極限之外的，創作如在魔境暴風圈蹣跚前行，若有超出真正創作辯證之外的惡意，那是一種時光的浪費。其實我想講「浪費」這件事。在文學的心靈河流漂泳，若人類限制的三十年最好的創作時光，真的沒有浪費這件事。想像你是一隻蝸牛，頭上兩支觸角密藏著你一路讀的，劈開你腦額葉，給予瘋狂之光的，杜斯妥也夫斯基，馬奎斯，卡夫卡，波赫士，昆德拉，卡爾維諾，大江，川端，格拉斯，魯西迪……，然後你揮動著這觸角，全景展開的緩慢爬行，你的眼是瞎的，但觸角的柔軟的每一端，都百感交集，充滿感性的竄爆，比昆德拉寫的那性愛百科全書，還要激爽，還要漫天紛飛。你必須緩緩的爬行過這樣的二十年，三十年。它比你年輕時妄想寫出「一槍斃命」的終極小說，還要文學，滑膩的、陰濕的、腥臭的，或爬行到一片亮光的，無數品種的草地，那超出你理解的一株株草葉的最遠邊境。你當然會遇到人心、情感的浪費，但它們在那爬行和領悟的長時間，都不是浪費。

地球書房

我是在北京戲劇學院附近胡同（那什麼北兵馬司胡同，帽兒胡同，東棉花胡同，名字都怪好聽的）裡的一間酒吧，拿到這本《2666》。那晚的聚會，是一群二十七八的大陸小姑娘請的酒。很奇妙，有點像童話書裡的「狐狸的晚宴」，照明的燈都有種油燈燈芯輕輕閃爆，人們的影子被大大的拖在牆上，或周邊那些仿古的書櫃、書桌上。她們都是同一家出版社的同事，彼此是姊妹淘，天真爛漫，和我不同時期到大陸遇見的四十歲以上的文化人，像是不同國度的產物。可能她們是在改革開放，經濟起飛後出生的一代，且背後的家境較好，有被父母捧在掌心栽培的。她們說話，有點像民初劇裡的姊們，捲舌輕脆，滴滴溜溜。好像也遇到一個共和國出版的盛世，動輒在講馬奎斯的《百年孤寂》賣了一百萬冊；《周作人全集》那麼大一套書賣了十萬套；這個波拉尼奧這麼厚一本《2666》到那時為止也賣了十萬本。我一邊聽著，內心和台灣慘兮兮一千兩千本的文學書銷量，作一番科幻片般的空間調校。我替這些女孩算紫微斗數命盤，她們吱吱喳喳的，亂喊我「駱仙人」。其實我根本是個半仙。但不外問起婚姻、事業、財富，這些酒館燈火下粉妝玉琢的小姑娘臉上，才會閃過一瞬認真的，擔憂自己命運的暗影。

當晚我也喝醉了。第二天意外有一整下午的空閒，我便背著那本厚書，自個打車到南鑼鼓巷，找一間咖啡屋，抽著菸，閱讀這本《2666》。

這本書後來的三四年，被我重複讀了不下五六遍了，硬殼書皮都被翻爛起毛邊了。它之中其實收藏了五部完全不同概念的長篇，每部都是二十世紀不同形式的小說的翹楚，而互相又形成一種時光的空缺，失落，迷霧森林的覆蓋。這裡篇幅太短，我無法細述這本奇書。但就回想那天下午，在我完全不知天南地北的北京胡同裡，好像我的咖啡座窗外還有幾棵酸棗樹。我讀到小說的開頭，幾個學者，他們全是一個如謎失蹤的小說家阿琴波爾迪的死忠讀者，他們，一個法國人，一個西班牙人，一個英國的美女學者，一個義大利的坐輪椅的學者，三男一女，從這失蹤小說家的研討會，到追尋他失蹤前的最後行蹤的墨西哥城市，出版社……一個「直到世界盡頭」式的，對小說（或寫小說的那個失蹤之人）的瘋魔，追尋，拼湊那些小說和那神祕小說家的瘋狂，死亡，暴力，各種人物在流浪旅途中相遇。後來這法國人、西班牙人和那英國女教授，像進入某種腔腸，某種太空艙意象的，有一段兩男一女的性愛關係。我在北京胡同的咖啡屋，只讀到他們在這樣的混亂關係裡，寂寞，冷漠而又找不到那失蹤小說家的線索，和我約好的大陸出版社編輯走了進來，打斷了我。

二手時代

諾貝爾作家斯維拉娜·亞歷塞維奇著的《二手時代》，採訪了不同的人，他們的「聲音與憤怒」，八一九事件，蘇聯解體之後這二十年，許多曾經歷那劇烈變動的人，他們對各自生命史的感嘆、回憶、憤怨與失落。可能退回成「俄羅斯」的這些老人，曾經歷過蘇聯時期「人們相信純真的夢想」，市場經濟之後，人們心中卻只有電視機、牛仔褲、汽車，美國消費文化那些奢侈品。對於曾經是蘇維埃強權，後來裂解，以及市場經濟改革失靈，造成物價高漲的實質生活困苦，這許多受訪者，充滿對從前榮光的懷念，他們似乎被摺進了一個像舊報紙一樣的二手時代，所有當時激情和夢想的口號，最後證明是不值一文的謊言，所有可能把人類脫貧離苦的魔術都施展過了，什麼都發生過了，所以說是二手時代，這些從蘇聯變成俄羅斯的不幸的人們，好像活在西方人用過丟棄的垃圾、皺衛生紙團、髒汙排泄物、富人愈富，窮人愈貧的二手生活方式。他們惶惶迷惘，像失去墳地的鬼魂。因為這一切都發生過了，資本主義的榮光時代，最好的時光，都在西方那些國家享用過了，俄羅斯這樣的國家，就像把一個痛苦的夢，去換了另一個痛苦的夢，人民永遠像在一個巨大的失敗的排演或草圖中活著。

我讀得頗多感觸，說來我父親那一輩人，也是活在一個「二手時代」啊。他二十出頭跟著潰敗的國民黨逃到台灣，四十歲才娶我媽，到我比較懂事時，他已是個六十多歲的老頭了。我記得民國六十四年，我小學二年級時，老蔣總統過世了，我父親竟因悲慟過度，昏厥倒地，進醫院住了幾個禮拜。我如今看一些紀錄片，當時全國電視、報紙雜誌全部是黑白的，移靈的車隊路旁全是跪著痛哭的民眾，只覺得荒謬。但我父親是真真實實在那時光，因為領袖故去，哀痛不支啊。所有人都相信有一天老先生會帶領大家反攻大陸，就像當年他領導八年抗戰，最後真的把小日本打敗了。但等年紀大些，看了一些資料，才慢慢理解許多事不是那麼回事。包括淞滬戰役，國軍會死傷那麼慘重，後來潰逃失序；或是南京大屠殺，許多原本不該死那麼多人的慘劇，老先生的亂下棋子，都有關係。後來的國共東北之戰、徐蚌之戰，全都是他性格裡的剛愎、多疑，這或換任一個人做決策，可能都不致輸得那麼荒唐。我父親他們那樣的人，失去故鄉，失去根，跟著老先生周圍的造夢者所描述出來的，「臥薪嘗膽」，「田單復國」，或某些「效忠領袖」的建構再建構，好像這千萬小人，都是老先生他一個人夢境中的分子粒子。他丟失大陸的憾恨，變成這每個小人兒他們的憾恨。說來那個時代，整個社會頗窮，但我父親他們這樣的人，真的開開心心刻苦度日，騎著破爛的腳踏車，一堆人擠引擎蓋像座頭鯨在前頭的老公共汽車，一夥老兄弟吃個小館子喝點公賣局的紹興、高粱，就開心得不得了。可能家裡有台老電視，一台冰箱，一台國產洗衣機，就覺得台灣人的生活和美國人很接近了。也許有些更小的物件象徵著美國：巧克力、路邊報攤賣的洋菸（譬如三五或萬寶路），或更騷包些的都彭防風金屬打火機、洋酒。學校裡的教員，鎮公所裡的科員，或做小生意的胖肚子老闆，人人都在看武俠小說；頹廢一點的就是打打麻將。我父親刷皮鞋簡直就像那些雕印章的人一般仔細專注，先用把乾鞋刷子仔細的把鞋面的灰刷去，再用把鞋油刷，死勁的將黑鞋油用手勁一層層刷亮。家裡一定有台腳踏板縫紉機，母親可以幫全家人破的衣褲補好。那年代，他們也有對新世界新發明的好奇心，也會帶我們小孩去兒童樂園玩，也會帶我們看電影，吃冰淇淋，但其實都是常民階級的新鮮熱鬧。他們每天認真上班，早餐或是路邊攤一張蔥油餅打上個雞蛋，午餐會帶便當。我父親他們可能不知道，有一天，他們活過的這些時光，都像海市蜃樓，風中微塵，完全不存在了。也許二手時光的要義在於：你原本無比相信，沒有絲毫懷疑的生命價值，突然有天被印證是假的，偽的，錯誤的方程式，但你仍得在新的世界，抱著那過去時光的破爛，疑惑的活著。

化作春泥更護花

我想每一世代或都經歷過這些吧，懷才不遇遇到伯樂的故事；或所謂伯樂其實是在你的年紀看不懂全景時，買你的未來文學生命的故事；被打壓的故事；被滅掉的故事；被莫名其妙八卦抹黑的故事。它不是特殊的景象，所有演化的染色體故事，都有滅掉另一個或許多個他者的設計，一路存己滅異，最後才會有現在的我們。我聽過不同的前輩說起他們年輕時，被「老頭子」壓住的許多往事，所以對後來他們對年輕人好像要「反」，要批判，竟進入到「文明將滅」的程式話語，非常驚訝。這樣的故事，發生在五年級這一輩身上，變成一種翻攪，蜷縮的「無人知曉的祕密」。五年級這一代的文學身分，恰是在整批二十多歲時，兩大報的文學獎，聯合文學新人獎，所贈與。那恰是解嚴後，媒體大爆炸，出版黃金年代的十年。你以為那就是像ＮＢＡ選秀的秩序或邏輯。

事實上從黃錦樹、董啟章、袁哲生、黃國峻、邱妙津、賴香吟，到我，後面都有一個得獎的故事，之後出版的故事。它真的有點像現在的《中國好聲音》，導師（評審）挾帶不同的文學意識，在爭辯後，讓你脫穎而出。同世代年輕作家之間，是選手和選手的關係。球隊老闆、教練、球評、前輩選手，每個都是你可能的提拔者或封印者。一序之恩，一讚評之恩，一出書之恩，一發表之恩，每個環節都是你能不能出人頭地的恩人。這應該是個溫暖的故事，赫拉巴爾式的故事，文學透過這樣的管線，論辯，一種複式的關係網絡，一個紛雜、多樣，藉著文學出版蓬勃的年代，像撒在當時文學各場域的五顏六色的種籽。它有一個穩定的從三十到四十，讓小說創作者可能可以由一部一部作品的書寫，穿過那個成熟期的走廊。五年級在這個時期，許多碰到自嘲是「打工弟」、「打工妹」。因為主要的幾個文學媒體在最初擴張那幾年後，開始凝固，形成穩定的機構。它是一個充滿對未來不同品種文學創造的美麗年代。也就是在那同時，暢銷書排行版的概念，誠品、金石堂成為大連鎖書店的年代，以及翻譯書形成的暢銷浪潮，成為一種出版社判定「這才是真活」的年代。純文學慢慢確定它是不暢銷書。

某些時候你總要這樣問自己：如果卡夫卡在這樣的處境會怎麼樣？波拉尼奧在這樣的處境他會停下來嗎？為什麼從二十多歲至今，生命給了你二十多年當實驗的畫布，你沒成為那時那麼激切、憧憬的杜斯妥也夫斯基？波赫士？或馬奎斯？昆德拉？

天賦不夠？（曾經你在起跑線時，一片空白，但像從河流裡走出來的年輕野馬，覺得眼前整片曠原，可以任你拔蹄狂奔。）命運多舛？你想起那真正悲慘的沈從文、張愛玲、布魯諾．舒茲、班雅明；或是，或是，因為恰好生在這個貧薄小國，仔細定神自己都會羞慚的笑：不是吧，想想那些拉美天才群，哪個不是在書寫的花樣年華，比你的國度你的年代，爛，慘，黑暗，暴力，絕望，荒蕪一千倍？是什麼東西在耗費、折損著，原本可以展開再展開的文學次元？

你在做什麼？你所做的這件事，距離最年輕時，除了美的極限光焰，人性的大教堂拱頂和花瓣般的摺凹，歷史的一列列火車對撞的嘆息，現在所是的這個世界……為什麼有些東西，像二手車的車速表它就飆不上去了？或是一個說不出的潦草或稜角模糊？當那些掐花扭結，藤蔓巴洛克，編織在一起時，為什麼細細碎碎的殘影，應當在那些難以言喻，無人知曉的時刻，暗黑鑲金，讓人癡狂迷醉，是什麼東西像黑鬼鬼散在各個轉角，從較低次元伸進來的手，拆卸了要遠距星際飛行所需的引擎，改了設計圖？捏死了手中翅翼勃跳的小鳥？為什麼後來會在這飛行準備區裡，一個個灰濛濛的人影，困在一種髒髒的惡意，遺憾，傷害後的疲倦，奇怪的懲罰，羞辱？

我曾經，不只一次，在生命中的某些時刻，內心會這樣想：

「啊這樣的景象，若你們也在，也看看，真不知是怎樣一個看法？」

哲生，國峻，或邱妙津。

五年級的作家，極難得碰在一起時，難免會說起那幾個葬禮。當然現在我都快五十歲了。那好像是上一程公路電影，那以為從照後鏡還可以看見的，很遠很遠的風景了。

二十六歲，三十二，或三十八，似乎不很久以前。想要說「原來活著，後來是這樣」。當然是對手，很想知道，那會是怎麼樣，在如果他們此刻還活著，用什麼樣的小說，壓縮，或旋轉，或加入爆光的效果，荒謬，滑稽，或是童話故事的方式。或許我替你們活著？會有這樣煽情的時刻。但其實誰可以替另一個人揉搓，呼吸，眼球和視網膜記下那繁華煙火？

比起邱，我多活了二十二年了；國峻，十六年；哲生，十年。我很努力，應該若遇到那被時間凍結的你們，不會羞愧自己比起年輕時的自己，下墜了，腐朽了，靈魂的感受纖維化固化了。我交出的作品，可能也就是最初寫《降生十二星座》的我，在這後來的時間流刑裡，天賦耗盡，所能交出的極限了。重來一次，我或也無法做得更好。我沒有虛無，沒有剝削年輕人，沒有失去柔和的瓣膜，在養家帶孩子的艱難那幾年，我都還是像深海底下的盔甲武士，一次一次發動搏擊，認真一步一步寫小說這件事。付出的代價，就是這些年各種病痛的攻擊。憂鬱症，小中風，大腸手術，胃潰瘍，失眠吃安眠藥後遺症的夜晚夢遊暴食，我比那時又胖更多了。我的腰椎，肩背，像二手車的結構壞損，已長期在復健科拉腰電療好多年了。我無法戒菸，每天三包菸。我覺得我不會很長壽，但希望能撐到小孩都能獨立，或那之前能再有個兩本不賴的長篇，那就太好了。

五十歲了，百感交集而難以言喻，如果十年前，這同樣的題目，好像是受驚的青年，還在不很久以前，對著極限的光焰，顛倒迷離，但其實活在這個時代這件事，所有的感官打開了，很多時候，恩義，啟蒙，和一種說不出的傷害，混攪在一起，像琥珀的稠膠。有一段時光，我會在夜裡被幾個大哥叫出去喝酒，在那些酒館看見各式各樣的人生百態，眼花撩亂於他們像特技傳球的胡鬧，調笑，嬉耍，哄逗馬子笑得花枝亂顫，或時不時冒出無法預料的陰鬱，黑暗，暴力。那其實我若深帶感情記下每一細節，他們正是像波拉尼奧《荒野偵探》裡，那群「內在寫實主義」的墨西哥瘋子年輕詩人。那裡頭充滿了像豆子亂蹦，朝四面八方自由竄長的語言的活力。明亮和暗影。一種道具箱裡有足夠不同類型之戲服可供挑選換穿的年代。有時我會在那酒桌上，巧遇同輩的女孩兒，交換一下不言而喻的眼神。似乎我們在這仲夏夜之夢裡，扮演著不同的伴舞小廝或布景美眉的角色。我在這其中學會了各種人情世故的繁複體會，他們比起我這代，更有一種傳遞知識的熱情。譬如我回想我和同輩的聚會，多是在咖啡屋，或到了晚上咖啡屋順便變身成酒吧。多是哀該自己的倒楣，或說自己的風流情史，或最近看了什麼電影，或自己要寫的一個長篇陷入什麼困境。「我自己」。因為好像都走這條路而成了窮鬼，沒有一種怒意漲勃的權力張力。少了某種上下縱深，調戲或擺譜，誰誰誰幹了哪些壞事的陰或陽之分析模型，因此語言的各種表情也少去了那種變臉的靈活性。隨著長輩老去，這有時時光中的情意恩怨，又放入另一象限，成了《儒林外史》，或索爾貝婁的《洪堡的禮物》。我們有沒有經歷了台北最繁華，羽翼撐張，有情有義，迷離，自厭，說謊，瘋狂的一段時光？五年級，或如我，在那過程，當時太年輕而缺乏解讀的豐富絨毛，有時會形成「卡到」的內傷，於是暗自立誓，絕不對下一代創作者有這種「陰陽、顛倒、恩義但可能又成為對方創作發展之我的意志」，於是在五年級和他們的下一代，便切斷了這種世代的黏稠蛛絲。很像一種村上春樹的疏離空氣。一種液態的世代連結，權力交涉，老友，老情人，老門徒，老仇人的糾葛，或從這代以下，就淨空了。這是好或壞，也超過了我作為單一個體的思辨。大出版的盛世，大約到現在的智慧手機作為閱讀主要媒介，應已終結了。說來五年級的共同夢魘或是「大哥大姊太任性」，但任性的反面，或是他們從三十、四十，到五十、如今快六十，恰在一個社會富裕，鼓舞各種冒險實驗的擴張時代（我後來在大陸，遇到的一些三十多歲的文化人，也有這樣的自信），可以在生命的每一階段，體會各種關係的展開。我們後來會說「讓子彈飛一會吧」，其實作為這個書本繁花年代的參與者、享受者，到哀嘆者，我們或已目擊了一整個三十年子彈射出，飛翔，到下墜的全景。我有次遇見以前的老師，發現他還青春煥發，充滿夢想，想拗我幫他再弄個什麼好玩的。我說：「我是你的老學生，我五十歲啦，陪不動你玩啦。」

因此，關於我們這個世代的文學之途（也匆匆近三十年了），活著的時光，得到幾條類似科幻小說「機器人三大法則」，或像劉慈欣《三體》裡的「黑暗森林理論」，那樣的「物理公式」體會：

一、在這個島嶼，這個年代，做這件事，它是注定貧窮的。

二、它很怪，它這麼貧窮，創造的產值如此之低，卻又有一長期積累的，對認真做好之人的尊敬。於是它反而比我們欣羨、想像的那些大市場的國度（譬如美、日、大陸），擁有更大的在小說可能性的創造自由。我從我的前輩、同輩，到下一輩，最聰明的腦額葉在記憶，眼球發著光，談的那些大小說家，似乎我們的基因圖譜，跨度可以大到整個二十世紀，歐美、後俄、拉美、日本、印度、中國……，那麼龐大的實驗計畫；持續在創作出來的，不只是某部小說，而是這顆飛行器投射出去，它可能可以更拉高多高的星際視角尺度。可以照亮怎樣範域的星空，而讓更多原本觀察不到的天體，在新的小說天文望遠鏡被觀察到。

三、它成為一種贈與，你得到那樣的贈與，形成比其他物種，基因段更複雜，快閃跳躍的語言構成材料。或是破掉的豆莢，將差異極大的物種時光，混植在一起。曾經贈與過他的《追憶似水年華》、《惡之華》、《陶庵夢憶》的創作者，其實他的小說身體，破碎混攪在這後來的生態裡。一些明亮的花火，一些迴旋飛行的方式，一些夢裡尋夢的憾恨、哀逝，他吞食過又吐哺出的世界的變形記，這些都存在著，比創作出它們，或正要創作它們的主人，與創作無關的世代資源尖銳對峙，其實要更柔慈的混淌在一塊。

四、聽起來很像肥料，但是的，曾經戰慄記下的那神祕時刻，曾經欲仙欲死在字句海洋中奮力泅泳，曾經甲冑在身持戟前行對抗那瘋狂和恐怖，然後呢，因為這是個小國，你在創造的時候就得到本來這樣條件的環境，不會擁有的飆高之激爽，神祕的至福。它不會有像杜斯妥也夫斯基、福克納他們和出版商搏鬥，胡亂花錢，但又暴怒掙跳的過了大作家的一生。也不會有卡夫卡、張愛玲、沙林傑這些，神祕孤寂，死後作品卻仍無止境擴散的神話。過了一道你理解全景的換日線，內心自然會出現一個神祕的嗡嗡共振之聲，你會對自己說，化作春泥更護花。

夢

我大概在什麼時候曾經吃掉了我的房子，因為它就在我體內——我體內有座多層的大廈。然而它的形狀既不是持久的，也不是可預見的。這意味著府邸是活的，是跟我一起變化著的。我們互相住在彼此的內部……它的地下室宛如許多迷宮。它們小小的窗戶朝向長滿荒草的內庭院。……我知道，那些地下室在向土地的深部延伸，我甚至覺得，我知道許多通向地下地窖的通道。……有時府邸的作用就像旅館。但它有時是空的，甚至被棄置不顧。裡面的家具消失不見了，鑲木地板被拆毀了，壁爐遭到破壞，所有的樓梯也都已破損腐爛，走起來搖搖晃晃，會突然在行走的人們腳下斷裂，露出意想不到的危險深淵。那時動物就會住進這荒廢的府邸。

這一段於《收集夢的剪貼簿》中〈我的府邸〉這章其中的文字，或可摘為奧爾嘉．朵卡荻這本魔法夢書的某種結構：萬花筒般從長廊迷宮展列的許多個獨立小房間（每個小房間拘禁著一個茫然如失聰者的夢中人的故事），然空間結構像活物任意變貌，有時是城鎮，有時是荒原，有時是邊界，有時是斑斕鳥獸在其間竄走的洪荒之景，有時一如班雅明《單向街》某些章節只是素描某些傷逝懷舊一去不回的昔時靜物、書本、古老手藝……。蜂巢般的夢境如賽璐珞片拼貼，讓人想起D.M.湯瑪斯《白色旅店》那某一滅絕民族被擠壓在某一死去老婦腦層中的妖異狂歡之夢。「收購夢」，登廣告收購夢的敘事引擎，亦讓人聯想到《札哈爾辭典》中「捕夢者」這樣亦巫亦魔、進出他人夢境的職業夢師。

然本書那優美如詩篇的單張素描夢，不僅在抽象、形式，或哲學地設計這樣一個「我在夢中，夢亦在我肚子裡」，或我作為食夢獸、集夢者展列整本集郵冊般一小格一小格可進入便展開運鏡、故事與時間流之魔術（如我們的卡爾維諾），朵卡荻層層複瓣，妖異發光的夢境筆記簿，從鬍子聖女庫梅爾尼斯的歐洲中世紀傳說，到「誰寫出了聖女傳」這一組「故事如何由夢境中生產」的修士如幽靈漫遊在書中不同章節；從老婦瑪爾塔的假髮工藝（那些妖物般的假髮會記憶原初主人的思想）；吃過人肉的中學歷史教師埃戈，在柏拉圖書中看到一句：「誰若是嘗過人的內臟，誰就一定會變成狼。」從此悲慘孤寂地慢慢變成狼；各式各樣的蘑菇百科、烹飪法與被毒蘑菇毒死之人的怪異故事；或是由夢中愛之告白在現實城市透過電話號碼簿找尋那聲音主人的克雷霞……夢境，夢境中人的夢境，或夢外真實世界卻閃耀著夢之光輝的街道，從外面、裡面、上面、下面，編織補綴了這樣一幅讓讀者被拉至上帝視覺位置，俯瞰群夢洶湧此起彼落發生、綻放或黯滅。

這些年我寫過至少數百個夢了，它們不是憑空虛構，而是確真在夢醒那暈糊白霧之境開始撤退遠離的十來分鐘內，快筆追記下來。我想過出一本叫「夢百夜」的書，事實上我的某些夢境比起夏目漱石的《夢十夜》並不遜色，我聽過一些不會寫小說的人說起他的夢或也妖幻奧麗讓我欣羨不已。所以未必厲害小說家腦袋裡作的夢，就比一個白日無創造力者的夢更像一篇發光的小說。但我的夢為何那麼像塔克夫斯基的電影？一種懷念、遺憾、茫然的稀薄情緒的遠鏡曠野；或攝影機忘了關機，搖晃鏡頭只對著人們的褲管和鞋，我總只看見夢中他人的側臉或門框另一端暗淡的輪廓，他們偶爾說著一些話，但都像腹語術。為何我的夢境筆記本無法像朵卡荻累聚成一簇夢境的蘑菇菌叢？這些歐洲電影空鏡頭的夢，無法讓我創造一個像今敏《盜夢偵探》那樣的人物，一個歪斜、鑽縫就穿進夢的長廊？如果這些夢像好萊塢那些可下載，讀檔的幻燈片播放機一幅一幅打在光牆上，作為精神醫師的推理：「這傢伙腦袋中的風景被什麼破壞過了？」因為我不像朵卡荻的夢中，趕了那麼多人物進去，他們是「夢境奴工」，將她的夢搭建成一座似乎自成街區、巷道、歷史的小城。為何我的夢幻燈片，無法連綴成一民族的「古代祖先的躲雨之處」？是否我腦中的夢電路板已被外科手術般精準摘除？但為何夢可以成為一次又一次「書寫之外的書寫」的純粹保護祕境？像寂寞的玻璃燈盞師傅拿細筆在那透明薄片上描圖？也許活在這個洶湧、分崩離析、白化症麥田般無邊際偽感官世界的我，在某一「那大房子中」意義的我，早已死去，只剩那些飄浮磷火的夢境，成為未來的未來，除了籠罩的鐵灰色無從想像之末日劇院外，唯一在那空洞畫面鎏金般細碎活著的蜻蜓們。

這是最近記下的一個夢：

那種濕雨中我們身旁經過的其實只是一條人煙稀少上坡石板路
卻因那些圍牆上的青苔　濃密的樹林
整片煙濛濛的灰綠
像走過一片墓園道
母親打著傘　我也打著傘
這是學期的最後一天了
接下來的假期　這個小校園將更空無人煙了
我們走到那警衛亭前　居然裡頭也沒有人了
那警衛亭應是日據時代所建
八角驛亭　碎磨石牆　玻璃窗框還是深綠漆的木框
用非常複雜的支架方式將窗外撐
校園裡也是一片灰綠色雨霧籠罩的靠擠在一塊的建築群
和那些大麵包樹　欖仁　鳳凰木　白千層　或椰子樹

一片空寂
許多學生早已回去了
通常是那些開著黑頭車的父母　還帶著司機　或美麗的穿洋裝的妹妹
來搬下那些平日就裝腔作勢傢伙宿舍裡的一箱箱書或雜物吧

像我這樣到車站等了半天
然後和母親撐傘步行走來學校的
應該是絕無僅有的吧
但我很快在掛著奶突玻璃罩頂燈的穿堂
遇見一群認識的傢伙
便走上前加入他們把母親甩開
不過這群平時在宿舍分看那些猥褻日本女優照片說黃色笑話的傢伙
似乎被母親美麗年輕的儀態嚇到
他們變成一種忸怩低聲交頭接耳的模樣
「你母親是個美人啊」

在無垠的黑夜裡漂流著

這裡必須要有一認知：任何曾經企圖在一團烏煙瘴氣、歪斜扭曲的垃圾堆中，劈出一具體而微的秩序、高貴、美麗光耀模型之意志，最後必然不敵那場毀衰敗（也許呈現成另一種型態）命運。也許因為城市溝渠裡必然沉澱大便和腐臭物；遊樂場的大型機械支撐臂必然布滿鏽斑；老人的肺泡和牙齦必然被三、四十年菸草燃燒的裊裊白煙熏黑熏黃；我們撬開那些路邊棄置的老BMW引擎蓋，那皮帶和冷卻風扇上必定積了一層鮮豔色彩混淌而成之紅油……。我們總在這種時光勸喻中，被告知，我們是歪曲的那種傳導介質，或至少，是我們弄髒弄臭那眼前的街景。

為什麼我們貪聽故事呢？故事裡的人總把一切搞砸，它讓我們必須眼歪嘴斜才得以擠進那時光的褶縫裡。譬如那個像小孩一般純淨的詩人，搞得他美麗的妻子變成一個臉色陰暗不明，背過頭張開斗篷皆比最深的夜晚還黑還無法穿越，所有嫻靜容忍全成了精準耐性（十幾年）的大屠殺預謀。而那個曾在草叢、礫石、海邊張開美麗發光青春女體的第三者，那個乳房如鴿子嘴喙讓他目眩神迷讓他感激伏跪的純真少女，成了賤貨，跟外國老頭跑掉，愛慕虛榮的酸臭詐騙者？最後是以斧頭砍破維納斯白皙的額頭；喊著伊底帕斯那恐怖短句而吐舌上吊；倖存者則只剩蠑螈或蜥蜴皮膚黏濕的字句，不斷在已被核爆汙染的眾人眼珠沼澤裡打撈：「我是這樣的……我是這樣的……」

許多年後，人們追問：那個苟活的女人，那個神祕、妖異、幻美的女體之詩被那詩人黃金熠熠的詩句像行走的腳踏車輪鋼絲輻射狀旋轉、打開嵌入所有人迷離嚮往的腦額葉，之後，這實驗室的男主人和女主人相偕死去，留下她——後來呢？她到哪去了？她後來的人生是怎麼過的？那只是翻卷進褪色、生鏽、變醜的「低級神祇寫的較差版本」的、後來的所見、所呼吸、所觸摸、吃喝拉撒、為生存愁者辛勞的骨架肉身，怎麼回收那些被「天使之劍」核爆過後的破碎瓦礫、枯骸爛內臟？

人們意外在網路看到一則新聞（並不顯眼），照片中一方墓碑，英文的墓誌銘：「……一個美麗、快樂的心靈之旅已經結束。／一個帶著所有的理解和認知飛向來世的自由的靈魂。／你是如此地為人所愛。」

一如你搜尋不到那位「沈三白」後來到哪去了？全部時間均已過去，像一堂剝解、削肉、割除眼球、沉甸甸的腦、心肺、肝膽腸胃這些容易腐敗發臭的軟物，浸泡福馬林做所有標本的必要程序，展示給所有人看那個奇幻的齒輪機括如何將一個可愛的女人逐步絞殺、凌遲、箍擠成縮小女巫乾屍那樣，「最徹底的死」。

（你查遍網路，想知道這個可憐的男人，在喪禮後的人生。但所有的資料都是「妻子死後，他去四川充當幕僚。此後情況不明。」）

「庚戌之春，予又隨侍吾父於邗江幕中，有同事俞孚亭者挈眷居焉。吾父謂孚亭曰：『一生心苦，常在客中，欲覓一起居服役之人而不可得。兒輩果能仰體親意，當於家鄉覓一人來，庶語音相合。』……得姚氏女。芸以成否未定，未及稟知吾母。其來也，託言鄰女為嬉遊者，及吾父命余接取至署，芸又聽旁人意見，託言吾父素所合意者。吾母見之曰：『此鄰女之嬉遊者也，何娶之乎？』芸遂並失愛於姑矣。」

「壬子容，余館真州。吾父病於邗江，余往省，亦病焉。余弟啟堂時亦隨侍。芸來書曰：『啟堂弟曾向鄰婦借貸，倩芸作保，現追索甚急。』余詢啟堂，啟堂轉以嫂氏為多事，余遂批紙尾曰：『父子皆病，無錢可償，俟啟弟歸時，自行打算可也。』未幾，病皆愈，余仍往真州。芸覆書來，吾父拆視之，中述啟弟鄰項事，且芸『令堂以老人之病留由姚姬而起，翁病稍痊，宜密囑姚託言思家，妾當令其家父母到揚接取。實彼此卸責之計也。』吾父見書怒甚，詢啟堂以鄰項事，答言不知，遂札飭余曰：『汝婦背夫借債，讒謗小叔，且稱姑曰令堂，翁曰老人，悖謬之甚！我已專人持札回蘇斥逐，汝若稍有人心，亦當知過！』余接此札，如聞青天霹靂……」

芸娘在這個故事裡，就是一具剜肉還父（而且並不是她的父，是沈復那個躁鬱易狂怒的父親）、刮骨還母（也沒有這個母，或說是自我塌縮進那個以夫家為陽世的，若銜接卡榫失敗，則只能是無形式可存在的一縷鬼魂）的女性身體被絞殺的黑澤明式演劇。我們看著沈三白慢速記錄著「這個老舊人世機器如何一步一步支解我的妻」——像廢車場裡拆解報廢車的引擎、承軸、皮帶、輪胎、座椅內部海綿、避震器……；或像無數艘小船，充滿耐性以錨鉤、長叉，包圍、割殺一隻擱淺、喘息的巨鯨——從充滿靈光、慧黠識情趣的閨房女子；到病體；到「罪身」（皆是像玻璃上的翳影、無足輕重的小事，但在那家族中各人吐一縷細沙、人性細微暗影，便層層累聚，將這女人作為替罪羊逐之誅殺之）；病中清晨冒曉寒，棄兒棄女像逃亡倉皇潛去。

「將交五鼓，暖粥共啜之。芸強顏笑曰：『昔一粥而聚，今一粥而散，若作傳奇，可名《吃粥記》矣。』逢森聞聲亦起，呻曰：『母何為？』芸曰：『將出門就醫耳。』逢森曰：『起何早？』曰：『路遠耳。汝與姊相安在家，毋討祖母嫌。我與汝父同往，數日即歸。』雞聲三唱，芸含淚扶嫗，啟後門將出，逢森忽大哭曰：『噫，我母不歸矣！』青君恐驚人，急掩其口而慰之。當是時，余兩人寸腸已斷，不能復作一語，但止以『勿哭』而已。青君閉門後，芸出巷十數步，已疲不能行，使嫗提燈，余背負之而行。將至舟次，幾為邏者所執，幸老嫗認芸為病女，余為婿，且得舟子，皆華氏工人，聞聲接應，相扶下船。解纜後，芸始放聲痛哭。是行也，其母子已成永訣矣！」

布朗肖說：「屍體是它自身的影像。它與這個它尚處其中的人世間之剩下某種影像的關係，一種未明的可能性，在任何時候都在場於活生生形式背後的陰影——其無法脫離這個形式而持存著，並且把這個形式整個地改造成陰影。」

我讀〈坎坷記愁〉，在不同階段芸娘被冤屈、耳語、「公公之怒」而逐行驅逐、驚恐中魂飛魄散、貧病交迫、咻咻涕泣（而「余」始終在一無能為力，像「預知死亡紀事」的一旁記錄著），腦海中便總浮現這部諾蘭的太空史詩《星際效應》：在黯黑太空中，那艘太空船一次次在逆噴射中，拋卸它的推進器、被送到離地球更遠的虛空，乃至最後連母船結構都拆卸扔棄以交換反作用力；不斷的裂解、拋離，最後要超越時空法則限制，只剩下那孤獨漂流在蟲洞才能到達的無限遠的另一個星系太空。

沈復深夜搭舟往江陰找姊夫籌錢，但路途中天寒衣單、沽酒禦寒、囊為之罄，幸遇一故人，一路代償房飯錢，濕襪烘火還被燒掉，那潦倒狼狽之苦；或徒步走八、九十里，途中縮睡小土地祠；乃至歸家後下女阿雙捲逃……一層一層疊加，慘還可以更慘的「坎坷」，讓人無法卒讀，愈讀愈被那「存在如風中飄萍、陀螺打轉、魂飛魄散」的暗影，感受到一種悲傷疲憊的，油畫顏料般的厚度和重量。乃至讀到芸娘臨死前的場面：

「……芸乃執余手而更欲有言，僅斷續疊言『來世』二字，忽發喘口噤，兩目瞪視，千呼萬喚已不能言。痛淚兩行，涔涔流溢。既而喘漸微，淚漸乾，一靈縹緲，竟爾長逝！時嘉慶癸亥三月三十日也。當是時，孤燈一盞，舉目無親，兩手空拳，寸心欲碎。綿綿此恨，曷其有極！」

即使二十一世紀，被各種好萊塢電影、新聞、各種電視劇、廣告，那些大量充塞的戲劇性弄得世故且虛無的我們，讀到這裡，也不禁驚詫哽咽。那是什麼？太慘了！那個視覺將我們拉近至近二百年前的死亡之夜。芸娘終於成為一具屍體，那些像蟲蟲密密麻麻附著其上，囓啃其「活著」的小小願望、尊嚴、最微小的生存條件、那荒蠻人世如何有一不擾人的暫棲之所……終於將她像抽線團，抽空成一「不存在之物」。但很怪的是，沈復這樣層層累聚的書寫，像「反物質」般見證了「我和芸娘是沒資格、無法、盡是絕路，生存於這般的人世」，但反而因這樣對存在描寫的掏空、剝除、被趕至門外（卡夫卡的《城堡》？），他彷彿在虛空中搭建了一個「中國的」心靈祕境：它將被延伸、「翻譯」、比對，像基因定序找尋這個民族集體潛意識那不斷覆蓋、掩埋、擠壓的「坎坷的共感」。既被裹脅縛纏於其中，又時時想掙跳成為獨立個體而不可得（或書寫的不可能）。於是有後來張愛玲的《雷峰塔》。

如何將那濃縮隱喻如夢的龐大訊息，從黑洞傳遞出來？

關於沈三白，我查維基百科、百度百科所有網路資料，最後一句皆是：「妻子死後，他去四川充當幕僚。此後情況不明。」

（百度百科：《浮生六記》是清朝長洲人沈復（字三白，號梅逸）著於嘉慶十三年（一八〇八）的自傳體散文。清朝王韜的妻兄楊引傳在蘇州的冷攤上發現《浮生六記》的殘稿，只有四卷，交給當時在上海主持申報閩尊閣的王韜，以活字版刊行於一八七七年。「浮生」二字典出李白詩〈春夜宴從弟桃李園序〉中「夫天地者，萬物之逆旅也；光陰者，百代之過客也。而浮生若夢，為歡幾何？」）

如光燄的碎屑灑落在無盡的黯黑裡。說這些故事的人──那像電影運鏡一樣清晰、活靈活現，宛如眼前的別離、怨屈、嗟恨、纏綿、貧困、徬徨無著的一團魔術師光霧──最後不知所之，像休士頓NASA再也接收不到那微弱斷續的訊息。

因為說這故事的人，在某個意義上，是漂流在當時（清中葉）的所謂文人意識網絡之外，它形成一封閉自足的栩栩如生小宇宙，想像性的賭博只在於

「訊息的傳遞」：在《星際效應》裡，那訊息段之所以能在死滅當下（被黑洞的超重力擠扁成一條二次元的線）同時無盡（取消時間意義）的延展擴充，進入一五次元狀態。這些訊息段，有一天傳回地球，收到者可能是百年後他的子孫，某個意義他早已死滅，但其實他仍然活在那「無限」的奇異點之中。他一直被關在那一瞬的小玻璃珠裡。

那樣的訊息段，在無垠的黑夜裡漂流著，遠方的星星光輝和它隔著動輒數萬光年的距離。但他在書寫，撬開，那些神祕、像茸毛細細搖擺的甜美、意趣、情色，或人類所無從承受之痛苦、屈辱之際，他或已意識到「這個自己已在死亡之境」——但因五次元的時光軸非線性座標，或用波赫士的〈阿萊夫〉想像之——最後將墜落的沙漏頸脖上那顆計秒之沙，始終沒有墜下，快進死亡邊線的那一秒始終沒有啟動。所以他又是一直活在那粼粼水光，每一個毛孔都充塞著欲仙欲死芬芳的至福永生裡。

我說的是那個後來消失在人們觀測鏡之外陰影，不知所終的沈復；同時也是那個寫《英兒》的當下，便預知死亡紀事，但不預知後來諸多版本的「ＣＳＩ」解密、還原，或詮釋，也不預知「英兒」會晚於二十年也成為波或粒子的匿蹤形態的，那個顧城。

很小、很美的事

瑞蒙．卡佛有一個短篇，叫〈一件很小、很美的事〉，故事大概是這樣的：一個叫安妮的年輕母親，到一間小麵包店訂了一個太空船蛋糕，跟師傅說下週一，她兒子生日那天會過來拿，留了電話。然後敘述跳到星期一下午，那男孩放學回家路上，被一輛車撞了，一開始似乎沒事，但等他自己走回家時，突然癱倒在沙發。生日派對取消了，男孩住進了醫院，輕微腦震盪加上休克。他的父母像瑞蒙．卡佛筆下常見的美國小鎮的男女，都有一種對生活本身的刨木屑般乾燥的，輕微的憂鬱、憤怒，或茫然。兒子昏睡不醒，他們當然都很著急，但醫生，以及醫院裡來來去去病床的護士、實習醫生，都告訴他們，這男孩沒問題，他只是處在一種「深度的睡眠」中。當然他們還是非常焦慮，並不全信醫生說的。而這陪院看顧的幾天，他們分別回家，餵家裡的狗、沖澡、睡一下，但回去的那個，會在空盪盪的屋子裡，接到一個陌生男人的電話。一開始是那丈夫接到，對方說：「你們忘了那個蛋糕嗎？」丈夫不知有這個蛋糕，不友善的掛斷了。之後安妮回家（那時憂鬱更擴大了，因孩子沒醒過來的天數增加了），這次接到的電話，有點像希區考克的電影，那頭的男人陰沉如地獄來的聲音：「你是不是把史考帝（那個昏迷男孩的名字）忘了？」即掛斷電話。以為是醫院打來，急撥去醫院，但她先生說什麼變化都沒有，孩子還在昏睡。她哭著告訴他這通怪電話的事，而她先生安撫她那可能就是個酒鬼或神經病。總之，等她再到醫院時，又過了一會，男孩突然醒來了，但接著在那短短一、兩分鐘，兩眼緊閉，狂吼一聲，然後張開嘴，就那麼斷氣了。

之後醫生跟他們解釋，這男孩的現象叫「隱性腦阻塞」，出現的機率是百萬分之一。這之後醫生安撫他們，並約定驗屍的手續。小說到這裡，那個荒謬、人的脆弱，很有馬爾克斯的短篇〈我只是來借個電話〉、〈妳滴在雪地上的血痕〉的味道。這一對遭遇這不可思議之悲痛的夫妻，開車回到家後，又接到那通怪異電話。

「你的史考帝，我已經為你準備好了。」男人說，「你忘記他了嗎？」

他們憤怒、驚恐、悲不能抑，這人又不斷打來，然後掛斷。電話那邊的背景，似乎有一種機器的嗡嗡聲。這時安妮想起來了，是那個麵包師傅，她向他訂的那個生日蛋糕，他們開車到購物中心，那時已入夜，所有店鋪都打烊了，他們敲門，不斷敲門，那麵包師傅讓她們進去。這安妮簡直想殺了他。麵包師傅說，那個蛋糕已經放了幾天，過期了，可以以半價賣給她。他說別鬧事啊，他在這裡一天工作十六個小時，才能勉強過日子，他得回去幹活了。

這時安妮告訴他，「我兒子死了，星期一下午被車撞了。」他們罵那不斷打電話騷擾的麵包師傅：「你真無恥。」

這接下來的描寫，短短約一千字到小說結尾，真是我讀過最美的小說場面之一。

瑞蒙·卡佛寫著：

「麵包師傅把擀麵棍放回工作台。他解下圍裙，也把它拋到工作台上。他站了一分鐘，看著他們，眼神呆滯而痛楚。然後他從放著報紙、收據、計算機和電話簿的桌子底下，拉出一把椅子。『請坐，』他說。他又去前面帶了兩張鐵皮椅子回來。『請坐下吧，兩位。』」

他向他們道歉，「我只是一個做麵包的師傅。別無所求。好多年以前，那時候我是一個跟現在完全不同的人。……我知道並不能用這些話做藉口來原諒我的所作所為。我太難過太抱歉了。我為你們的孩子感到難過，我為我自己夾在事件當中攪局的行為感到抱歉。」

「不知兩位是否能夠真心原諒我？」

小說寫道：麵包店裡很暖和，那一對原本悲憤無告的夫妻脫下大衣，麵包師傅倒了兩杯咖啡。「我希望兩位願意嘗嘗我做的熱餐包。在這種時候，吃是一件很小、很美的事。」然後他端上剛出爐的肉桂麵包，麵包上的糖衣還軟呼呼的。他把牛油和塗抹牛油的小刀放在桌上。小說寫道：「安妮突然間好餓，那餐包又熱又甜。她一連吃著三個。」他們坐在那兒，聽那麵包師傅說他人生的孤單，他邁入中年時那疑惑徬徨的心情，他們頻頻點頭。他又拿了有糖蜜和五穀雜糧味道的香酥黑麵包，掰開給他們。結尾是這樣幾句：「他們不斷的聽他說，不斷努力的吃。他們把黑麵包吞了下肚。在日光燈底下，屋子裡亮得就像白晝。他們聊到了清晨，窗戶上已經透出灰白色的天光，他們還不想離開。」

對不起我抄引了這麼多小說的原文。但因為它的收尾，那將人世的恐怖哀傷托起的溫柔，知道這個溫柔是「彼此都是被生命重創的脆弱人們」，在那氣味中，暗淡光影中，哀矜、疲憊讓嘴部咀嚼麵包，啜飲咖啡，那破了洞之後的「很小、很美的事」，那個溫柔在讀完後，真是一陣熱氣從我鼻腔上鑽到眼眶。

這一個多月，我和幾撥不同的大陸哥們，在台北的咖啡屋遇見，他們總會在一陣話題之中，問起對「台灣大選」怎麼個看法。那裡頭有一種情感底層的「惘惘的威脅」：「為什麼台灣很多人那麼不喜歡我們。」我總解釋，我作為外省第二代，二十多歲時，常疑惑某些非常好的本省長輩，一旦講到某條隱密換日線，突然臉上原本的善意便收去了，因為有很多我並不在場，但確實曾發生的歷史暴力，或屈辱，它深深沉浸在這些長輩的記憶裡。

當然快速翻撥的情感柔軟內褶，有太多把過去、現在、未來、個人、國家、歷史不同的屈辱、傷害或自尊，混淌在一起的爭辯。世故些的會繞開那深水黑霧之區，但確實無法真正理解對方眼中所見，是怎樣一個愛麗絲夢遊記的，忽大忽小，忽隱忽現，奇誕變貌的模樣。或也會說起復興航空的墜機和天津爆炸。或也遇到一些幽微、反質疑「銅鑼灣書店連續失蹤事件」，但發覺這樣的經辯方式，只是在這樣的出牌、換牌、解讀牌面花色數字時，被關閉了，拒絕聆聽，厚道一點的哥們會苦笑說：「這是在我們已知道這樣物種（文明）演化中，被這樣設定的。我們腦中的隱藏衛星定位，閉眼駕駛躲開黑洞，比你們知道的要像螺旋開瓶鑽子插進軟木塞裡，深深的進入啊。」或說起羅胖的《邏輯思維》，那就聊得很歡。不光是一種「這邊注定貧窮手工的，像紅豬那些螺旋槳飛機的撫娑，進入內向的黑洞」，「在那邊早已可以暴漲演化成，不只瘋狂的數字，瘋狂的未來的想像」，索爾貝婁《洪堡的禮物》那種類似美國三〇年代暴富的文人或知識分子，可能成為公眾英雄、明星，而這個狂歡的充滿冒險的氣氛，確實在台灣失落了。但它就算是怎麼失落、蕭條，甚至惶然，其實都還是一波一波人在這樣的實驗，失敗後的憤怒，瘋狂時有人跳出來提醒，或一代人在眼睛所見之景象，想要告誡下一代人；或上一代極穩定的某種結構，它在某個時間點發現是占據資源形成不公……最後一層一層形構的心靈岩頁。簡言之：「哥們各自在摸石子過河，找尋修復這個社會層層傷害的，權力交涉的方式。」台灣正用的這個「麵包店方式」，正就是選舉。

但事情總不是他從外面所見到的那樣，一如卡佛這小說〈一件很小、很美的事〉，那對憤怒的夫妻，站在麵包店玻璃門外看到裡面的，他們認為傷害他們的那麵包師傅。他們推門進去前，那只是帶著威脅和傷害的灰影。

後來又發生了黃安檢舉周子瑜的事件。黃安這樣的人，在人類歷史任何時期，就是告密者、糾舉者，甚至誣陷者。不論在納粹德國時期，藏匿而希冀得一活命的猶太人；或是台灣白色恐怖時期，或有僅因私怨，檢舉對方為匪諜，造成逮捕，冤獄，甚至槍決者；或中國大陸文革時期，指出某人的階級有毒，批鬥，施暴，弄死……。譬如王小波《黃金時代》裡，那個人的田園詩永遠被剝奪，「滿城盡是告密者」，大陸這邊的哥們，可能無法理解，黃安這樣一個演藝人，這樣一個小丑的行為，為何會造成台灣整個社會那麼大的憤怒或厭惡？如果一個歷史上告密者層出不窮的文明，對告密者（其實是誣陷者）習以為常，釐不清那「該覺得可恥」的底線，一種嘿然苦笑，或已在心靈面被硫酸永遠燒破，結不了痂的篩洞感。這個文明將盛不了人心之間最珍貴的信任。那這正是人類文明的墮落。兩邊各自有太多歷史債務，歷史魅影，要做清理吧。哥們問我對台灣大選的想法，我就無端想起瑞蒙．卡佛這篇小說，「一件很小、很美的事」。

老同學

在我國三那一年，我總是那個班上最後一名，像在夢遊，或像是卓別林的默片，動作快轉的被我們那位意志如鐵的矮個子導師，抓到講台上像祭品用長藤條猛抽狂揍，其他同學安靜恐懼的坐在他們的座位，像培養皿孵育的金魚魚苗。當然一年後他們都如我前面說的，在聯考後，考上了建中、北一女，或至少排名前面的學校。而我則落榜，進入牛鬼蛇神雜處的重考班。我這樣描述，很像那位矮個子殘虐導師，那時的我們，像一尊尊濕糊糊沒上釉色的泥胚，我們排列在一條長鐵尺上，等他將之送進那高溫烈燄爐中，之後抽出來，除了我歪塌爆漿，其他的小陶偶都被燒出光澤璀璨的美麗菩薩。

確實有那種感覺。好像不過在我十四歲那一年，因為走神了，無法和同一間教室裡的這些壓抑安靜的男孩女孩一般，頂住那個「不自由」、高壓將心智像精密機器鍵填入的那些數學習題、化學週期表、英文單字與文法、歷史地理的死背名詞，我就在那決定性的、無知其嚴重性的年齡刻度，像被拋出太空艙的自由漂流物，從此和他們經歷了完全不同的人生。這個甩擲，或燒窯中的爆裂歪塌，好像也成了我之後人生花極大代價去思辨的迫切命題。

但這個S，在我那必然在教室成為其他人眼中的廢材、犧牲，或若有種姓制度這種玩意那就是賤民的麻糬般的角色，卻很奇妙的在離開學校後，和我成為像湯姆和哈克那樣的少年冒險同伴，我們在永和那八〇年代，還沒有麥當勞、7-11、Nike這樣球鞋專賣店、屈臣氏或服飾店；十二指腸般的巷弄還有許多魚鱗黑瓦的日式老屋，正被一輛輛怪手鏟挖，建起那種四、五樓的公寓（後來我才知道，那個背景是台美斷交，許多住永和的外省人都在一種真正身體記憶的逃亡恐懼，將房子賣了，移民美國）；鎮公所對面的一條巷口，像深海的螢光魚群，聚滿了各式各樣吊著個黃燈泡照明的小攤車。那成為一個破爛、空氣中充滿油煙、大人們心不在焉，那個和台北一橋之隔的小鎮，還未輪廓流變，沒有被全球化資本景觀布置完整的，有許多鬆散，未被探究之境，無人在意的死角，那樣一個遊樂園。

而S和我在那十四、五歲時的關係，就像福爾摩斯和華生醫生。他總是智力高我一截，或是對成人世界的理解和訊息比我豐富。總是他拉著我闖進那對當時的我根本無膽、也無想像力的各種冒險。事實上我就是他的跟班吧。他帶我走近那復興商工旁的破爛小撞球店，我印象中在那光度比外面街道暗了一階的檯桌邊，都是叼著菸，一臉凶惡的高中生流氓，或是理平頭、休假的軍人。我倆在他們眼中就是兩不上道的小屁孩吧？但他從不畏懼，拉著我在一張空檯桌上，裝出老江湖的樣子，摸索史諾克那些色球的規則，我們也拿著那長球桿從亂打開始。他帶我亂跑進人家在做禱告的教會裡，然後突兀的和講壇上的牧師爭辯到底真的有神存在這件事嗎？那個空洞空間，座位上的大人們靜默著，聽他和那耐性誠懇的牧師，一來一往的抽象話語，我坐在一旁，總羞愧欲死。或有一次，他拉我去永和國父紀念館，人家辦婚禮的辦桌，我們冒充親友去白吃酒席，我覺得我們倆穿著國中生制服的深藍短褲，一定會被認出而轟出。但他淡定自若，帶我坐在「新娘親友席」，那些同桌大人和我們敬酒時，他也有模有樣喝了並回敬。有一次我和他亂晃在那巷弄迷宮陣時，被一個長頭髮的混混押到死巷裡勒索，那是我第一次遇到這場面，但S拿下眼鏡，狠狠的瞪著對方，不說一句話，我不知道算哪招。但那混混竟好像也被唬到了，說了一些狠話就悻悻走了。

我回憶這些年少往事，當然滿含著懷念之情。

這樣的，我們已各自都五十歲了，但坐我面前，仍讓我從記憶風箱最深處，感到他不論意志、心智，若說每個人真有一張腦部構造線路設計圖，他都遠高於我的S，和我約在這家我常來此寫稿的咖啡屋，告訴我，他手頭有一份寫好的，兩百萬字的武俠小說。他想請我看看。「當然，你現在已是個有名的大作家了，我怕你那麼忙，並沒有時間看我這一大坨東西。」他跟我解釋，他幾年前從台積電退休，拿了一大筆錢，他現在經濟上完全無憂，也沒有小孩。他原想自己成立一家出版社（他也取申請登記了），但他似乎弄偏了方向，他去看了「印刷機大展」，打算買一台印刷機。這裡我花了很大工夫跟他解釋，現今的一本書的存在，印刷，甚至出版，都不是最重要的，現今台灣（或是全世界都如此）紙本書的出版寒冬，有太多家大大小小的出版社，每個月、每週，甚至每天，都有琳琅滿目的書出來。問題是通路，你的書要如何擺在誠品的新出書平台上較顯目的角落，或博客來網站首頁被注意的位置。其實這一切好像有個麥稈團在滾著，捲進許多關於書、作者、出版社，像誠品這樣的書店巨獸，或許多在小偏鄉成立的獨立書店……，我也不是很懂。但這究竟是我打滾了至少二十多年的領域。我在跟他講述的時候，有一種奇怪的心情，並不是「好吧，你看這麼多年過去，現在至少在這一塊，我比你懂得多。」而是一種我們這一代人，用我們的生命史，跟我們的時代進行怎樣的時光兌換？十五歲那年，我們分道揚鑣，他考上建中，我進了重考班。那之後我認識了一些小混混，就大人的說法，「學壞了」，街頭打架，校園的頂樓堵那個哥們要揍的人，學會吸菸，在奇怪的這些沮迌仔的少年流動人際間，又再認識更怪的人。絕對比我國三那間教室一整班進入高溫煙窯而成為未來菁英的同學，更早知道一些性的知識，一些流氓學校的聚眾鬥毆的現場腦中紀錄片，一些我不熟悉的中南部上來台北混，那黑道世家長大的孩子的腔口、形貌。然後我再次重考考上一所全國排名倒數的私立大學，我在那山上的宿舍，「洗心革面」，沉浸在那些冗牙贅舌的文學書本，那些卡夫卡、波赫士、杜斯妥也夫斯基們——其實是進入另一種漂流的，和那個解嚴，且經濟起飛，更多的菁英被吸納進科技產業、金融、大企業主管，和這個明亮安全的世界，徹底漂流開啦。

漢娜之死

「泰姬瑪哈陵一座高塔傾斜啦。」「是地震了嗎？」「聽說是超抽地下水。」我們叼著菸，坐在大年初五寒冽冷空氣中難得有冬陽的一間咖啡屋的後陽台。這個過年，繼續運轉的世界似乎發生了一些大事，不比平時多也不比平時少。「安哲羅普洛哲斯死啦。」「是啊！是啊！」「據說是去片場的路上出了車禍。」眾人安靜下來，似乎都在唏噓慨歎。究竟是個太偉大的導演。腦海中或各自努力回想他的「希臘三部曲」其中某個片段。但皆是一團模糊，幾乎浮現的都是《霧中風景》最後的那幕小姊弟倆一路受盡屈辱、恐懼、茫然，終於走進那張，不存在的父親多年前寄來的風景幻燈片：一棵霧中的大樹。或者我們其中有人根本沒看過任何一部安哲羅普洛哲斯的電影，記得的只是電影海報。

但世界每天、每天，像迎面的火車頭「一直來一直來」。雅莎蘭卡擊敗莎拉波娃拿下澳網公開賽女單冠軍並登上球后寶座。男單則是史詩般漫長痛苦輝煌，喬科維奇擊敗納達爾。西班牙航空因財務危機無預警停飛。或是韋德終於歸隊，詹姆斯三十一分、韋德二十八分、波許十三分，三王合體修理了尼克隊。二〇一一年度回顧時，除了理所當然的日本九級地震大海嘯和核災的末日之景；還有阿拉伯之春；最讓人驚詫（「哇，今年在世界歷史上還蠻大條的。」），是格達費、賓拉登、金正日這三大獨裁者皆沒能看到二〇一二年第一道清晨曙光。

而平凡的我們看到了，走過了那條換日線，渾渾噩噩進入了二〇一二之後的世界。很多山雨欲來的威脅：歐債風暴、兩岸形勢、後金正日時代的東北亞局勢……皆因年底大選被不同媒體的深耕密植反覆立體化，突然發現搭計程車時，找盲人按摩時，在丹堤咖啡聽隔壁桌一群老頭高談闊論時，似乎所有人都能說上一段，卻又都因此而無感了，不那麼當真了。

我們常慨歎「台灣自外於世界」，我們的媒體太少關於世界新聞的深刻報導。問題是，現在不只是「生也有涯」，而是每一日，甚至每一小時，微分切割的時間薄片裡的我們的感受性太有限啦。

麥可．傑克森猝死，我們感受到「一個時代結束了」。凱特王妃和威廉王子的大婚全球直播，讓我們回想起當年那美麗童話得百分百的黛安娜新娘妝扮，覺得她又死了一次。二〇一一年，日本東北震災海嘯，全世界唯台灣如同國殤進入災難後現場的同步時間，那種讓日本人都震撼的捐款激情。但如果我們到香港，會被講廣東話的哥兒們包圍慨談捐款給艾未未的活動；連署支援烏坎村的臉書簽名。一到北京、上海，你就完全上不了台灣的臉書（或任何的網站），但你或會在不同的酒攤飯局中，遇到一兩位如今身價數億人民幣的老哥，嘘唏慨歎當年六四種種，還是學生的他們，到醫院劫醫生，搶藥劑點滴，每一分鐘都有血肉模糊肢體不全的年輕同伴在哀嚎中死去。如何互相掩護，流亡中躲避偵騎四出的大搜捕。

回到台灣，臉書上，哥兒邀請你轉貼或按讚，抗議「土徵稅條例」通過，「美麗灣海岸開發的環評不通過」，「夢想家事件要求文建會主委下台」，最近我大兒子則生涯第一次網上連署：「反Markiyo粉絲團」。但這一切多像布希亞說的，像「身歷聲」：「六聲道環繞音響系統聽音樂，主音箱、主機、環繞音響，低音砲，許多音效都是從內臟噴射出來。過去我們在音樂廳或什麼地方聽音樂的距離已經不復存在。它們已經被廢除，人們處於四面被圍的狀態，再也沒有音樂空間。」我們似乎隔著一張手指一戳便破的薄紙，和「世界」那麼貼近，我們那麼容易便參與進去，似乎不用出門便進入那「細節的幻覺」。

但那樣參與，嘩啦嘩啦被掩沒在每天「發生了」、「真的發生過嗎」的事件海洋裡。

二〇〇七年我到愛荷華參加國際作家工作坊，那有三四十個來自世界各國的小說家、詩人、劇作家、評論家，幾乎每兩天就一場的座談、朗讀、研討，我因為英文爛到爆幾乎從未出席任何活動。那是個非常美的，近乎童話的一座大學城，

有一條波光粼粼的河流，秋天一片金黃銀杏楓紅如火，有金頂的一百多年歷史的市政廳尖塔，非常美麗的美國南方女孩在那茵茵綠草地上跑步。有非常古老的小書店，每個週末黃昏會有當地一些老紳士老太太，非常安靜穿著正式服裝來聆聽一次三四位這些各國作家朗讀自己的作品。

作家之間也有許多的聚會，各自不同的國家名稱：德國、俄羅斯、以色

列、匈牙利、捷克、蒙古、敘利亞、埃及、馬來西亞、印尼、菲律賓、緬甸、南韓、阿根廷、海地、希臘、肯亞，不同膚色、臉，不同個性。常有一批會在旅館交誼廳喝酒哈啦，譬如阿根廷女教授，大姊個性，待人溫暖，純真（她年輕時必然是大美女）。裡頭一兩個美女，則被各國男作家像一種潮汐或舞蹈那樣獻殷勤，調情圍繞著，譬如那位希臘女作家（她非常美）或緬甸女作家。男作家中則有一位蒙特內哥羅共和國（應是塞爾維亞裔的金髮高個帥哥真是帥翻了），再來就是性格隨和的香港作家潘國靈，女作家緣非常好。另外伊斯蘭教國家的這幾位則較愛喝酒、講笑話，譬如一位敘利亞老哥，非常廢材，整天想把妹。埃及小說家，一位馬來西亞年輕小哥脾氣極好，也許在阿拉伯語系文學市場皆是混得比較好的，比較海派皆抽菸。還有一位長得像北野武的蒙古詩人，非常沉默但能喝，這幾位形成廢材掛。但後來不知怎麼嗅出我的廢材同類氣，每相招喝酒總來敲我房門，對我這像故障品、總是微笑但見人就躲的大熊非常親愛。他們對我們這些亞洲作家較視為無害好兄弟（聽得出來大家對美國都有奇異複雜的肚爛）。

事實上，後來活動結束我回到台灣，回到原來的生活的暴亂裡，和那些

「外國人」便幾乎一年一次後來變兩年一次的通電郵問候了。那些我懷念的阿根廷大姊、緬甸女作家、敘利亞廢材老哥，偶收到英文來信，我慢慢皆因英文能力更徹底消退（其實在離開愛荷華前，我被操得可簡單用英文對話了），都沒回信了。

去年底，電郵信箱收到一封這樣的信：

Dear friends of my sister, I send you invitation for the final farewell with Hana. Do not be dismayed at goodbyes, afarewell is necessary before we can meet again.

RICHARD BACH

我想了一會才想起這位年輕驟逝的捷克女作家，有一張非常美的臉，金髮，眼睛像藍色玻璃珠。但確實這些歐洲作家，平時有他們之間的掛，不太來和我上面說的伊斯蘭掛、亞洲掛，或吸菸喝酒廢材掛混，我也都躲著大團體，沒參加主要活動，所以很少和她遭遇。

但我記得有一次，全作家工作坊的人都去某地作一天一夜旅行，我當然脫隊不參加。那一天獨自在旅館前河邊晃，超自在快樂不怕碰到人，但那天下午，我卻在草坪遇到這位叫漢娜的美麗捷克女作家，她看到我一反平日冷漠或客套點頭，非常開心跑到我面前嘰哩咕嚕說一串話，他媽的我英文真是爛到爆，沒有一個字聽得懂。但近距離看，她的臉美得像時尚雜誌那些美麗模特兒，藍色的眼珠透明得像裡頭有神祕的寶石切割折光在流動。我微笑著假裝聽懂那樣「Yes，嗯，Yes」，但很快她就發現我根本聽不懂她說的，眼珠裡的光突然「啪」就摁熄滅了，她突然就那樣轉身走開，我記得我繼續站那抽菸整張臉還發燙，真的是被那視覺上的美給「電」到了。

我們好像欠了法國人什麼

巴黎發生恐怖攻擊之後的那幾天，台灣這邊的臉書上出現了一片法國國旗的海洋，許多人都把大頭貼換上了那紅藍白的圖案。我一個哥們在咖啡屋對我說，不知為什麼，內心深處好像覺得欠了法國人什麼？現在，我們又是在怎樣的一種祭奠情緒？那些ＩＳ的殺手，拿著AK47，身上穿著炸藥背心，在那個劇院裡對著趴伏在地上的人們，一槍一槍的解決他們的生命。像拿毒針對著實驗室培養箱裡的青蛙，一隻注射下去就看到一雙眼睛吊了白眼，靈魂像一縷煙消失了。我們不在現場，但可以那麼實體感的聽見許多人在尖叫。「他們就像在射殺鳥兒那樣殺著我們。」後來的新聞有關於倖存的女孩，或是小男孩，他們如何倒臥在血泊中裝死，躲過真正的射殺。當然同時爆炸在一場足球賽的體育館發生，還有四、五處鬧區的餐廳遭到亂槍射擊。在那些恐怖分子的眼瞳裡，這一切像是在巴黎各處燃放的地獄煙火吧。於是我們的臉書，出現一格格各自小人頭像的法國國旗。紅藍白。但誰理我們這個小島的這些人，對法國那些受難者的致哀呢？情感上我們好像偷偷虧欠了法國許多：並不是那讓我想起三十年前大街小巷所有理髮店前旋轉的圓筒，無法解釋在美國人用麥當勞的鮮黃色大M，或星巴克，或華納威秀，占領我們視野被定錨、畫好規線的城市構圖之前，為什麼是法國國旗占領我們那些還用簡陋推剪、廉價香水洗髮精，在白色罩袍上弄得全是髮屑的剃頭師傅的所有小理髮店呢？我們欠法國人太多了：長棍麵包、普魯斯特、波特萊爾、塞尚、雷諾瓦、傅柯、莒哈絲、楚浮、雷奈，或是盧貝松的《Big Blue》（而不是《露西》），或還有韋勒貝克……，但也很難算清楚他們欠我們的，我們那些因為迷戀LV、愛馬仕、Gucci而刷爆卡憂悒蒼白的妻子，或酒店裡那些搞不清楚是巴黎香水、高價紅酒，還是同樣那些YSL、紀梵希這些鎏金幻銀而讓自己失身，成為人肉攪碎機裡渣屑的女孩們。他們讓我們變得典雅又輕浮、文明又野蠻、華麗又粗俗，像叢林猴子突然從天一架直升機投下一些香水、絲巾、珠寶、皮包……，於是嘰嘰吱吱的互咬亂搶，把那些優雅時尚的香東西披掛身上。

但我們確實從法國人那裡得到些什麼呢？我年輕時讀過一本叫做《穿牆人》的法國小說，它非常怪，主人公某天沒頭沒腦就具備了穿過那些水泥磚牆的能力——當時我還沒看過《火影忍者》這套人體可能任意液化、氣化、高溫成為火燄、進入夢境狀態，或二次元、四次元的維度、死去亡魂可以召喚成殭屍型態復生，或變成獸、妖、神……種種自由變態的唬爛百科全書——但一個現代人，住在城市裡，陰鬱自閉的小上班族，他可以像融化的冰淇淋，從牆的這一邊，滲進牆，再從那一邊滲透出現。這個意象在我腦中像蘿蔔的根鬚深深鑽進灰質褶皺的各處角落。那意味著他可以不受這城市各種大樓建築的堅硬框格幻覺所阻，可以自由進出銀行厚牆或加上鋼板的金庫；高級貴婦在天頂豪宅的香閨；夜間無人的百貨公司；或那些愛馬仕、LV、YSL的專賣店，卡蒂亞手錶店、鑽石珠寶銀樓；國防部、警察局；那些美女玉體橫陳的女子三溫暖SPA……。當然這個穿牆人的結局是悲慘的，他日以繼夜嘗試著這種穿透硬阻體的冒險，卻沒想到有一天這種能力會消失。他慢慢感到在穿透牆的過程，出現一種雜質般的阻滯感或喘不過氣之感，但他還是不知警惕，終於在能力徹底消失的那一刻，他正在穿過一道厚牆的中途，他被硬生生的卡在那牆裡了，像一隻被火山爆發高溫融解之松脂凝凍於琥珀之中的蜜蜂。

但我年輕時也讀過波特萊爾的一些詩，因此腦袋中像寄生了上萬隻蛆蟲，那樣著迷於我不曾真正目睹的畫面：一個美麗的女人的屍體，各處內臟已腐爛、破裂成不同顏色的鮮豔蕈菇，或布滿不同種浮萍、水生昆蟲的小水窪。這個意象讓我們這些亞洲第三世界的純樸年輕人，從此有了一副老色鬼的靈魂，我們特別會去偷窺街道上、捷運上那些年輕女孩子被長衣蓋覆的臀部翹起，或她們穿短裙時腳踝處那比較白的一塊小區域，或某個美麗的銀行櫃員跟你禮貌介紹著他們家的信用卡時，你會失神盯著她潔白牙齒上的閃露的牙齦……而這些又如我一個跑去學小乘佛教的哥們，他跟著他的師父，到泰國一處所謂「屍林」，修行「不淨觀」。就是他們要在一小茅屋裡待上一個月，第一天他們就會送上一具剛死之人的屍體，他們的攝制心神的訓練，就是趺坐在這具屍體一旁，觀看一具原本光滑美麗的軀體，如何在短短幾天、一個禮拜、兩個禮拜，發出臭味，飛來蒼蠅，逐形腐敗、臭味加劇到不能忍受之濁惡，最後，肚腹爆開，肝腸內臟爬滿蛆蟲、眼球也爆裂流出黑汁……，所謂曼妙天女之玉體，其實是髑髏之幻影。

這些好像跟法國沒有關係。有一陣子我身邊的哥們，都非常著迷韋勒貝克的小說，那種奇怪的西方現代文明發展了幾百年後，主人公已經活在一個像大麻天堂，性愛像路邊飲水機隨君飲用的自由之境。天體營、雜交派對、嬉皮野營區，他們可以在那走動的裸體女人間（當然也有男人，但以男性第一人稱視角，自然是避開），任意引誘、撫摸、勃起、像吃Buffet那樣隨意揀選有食欲的料理就享用起來。但那些主人翁中卻都像腦中松果體被摘掉了，總是失去活的歡樂、意欲，甚至性愛本身的旖旎、激爽。他們是那麼的行屍走肉，好像被人類這個龐大的全球體系給傷害了。然後會像遇到一個天使般的美人兒，無條件的愛他，幫他口交，給他像回到母親子宮羊水裡的溫暖。然後這個女人最後會在某個大飯店，被伊斯蘭恐怖分子的爆炸、濫槍掃射，和其他上百個沒有臉孔的法國人，一起被炸成滿地狼藉的屍塊。

我感受我和這些哥們，討論韋勒貝克的小說時，會搞混了我們不同時光看過的一些法國電影：譬如《憂鬱貝蒂》那一開始美不可言的性交場面，那遊樂園意象的放火焚燒的海邊度假小木屋，那像舞台劇男伶女伶一般華麗、陰影濃聚的酗酒，小公寓裡卻充滿絲綢、蕾絲、華麗裝飾細節的世界末日之感。最後那男主角索格，到瘋人院去，用枕頭悶死他心愛的貝蒂，都還是變身女裝，濃妝豔抹、戴上假髮，穿著窄裙、絲襪和高跟鞋。或我們說起盧貝松的一望無垠的藍色的深海、楚浮的遊樂園、雷奈的幻影花園；或有一部法國片，一群上流人士，在某一人的豪宅內，他們弄來了最上等的牛肉、豬肉、自己養的野鴨、野雁，整個酒櫃最高級的紅酒。他們裡頭有個傳奇的大廚，而這整部電影，演的就是，這群人怎樣在一種自由、放鬆、愉悅、友情、品味的極致狀態，不停的吃，不停的吃，最後全部撐死為止。

我們接著，疲憊又好像無法避開嗎？要講到那塊令我們著迷又厭煩的瑪德蓮蛋糕，那個我們永遠可以用來否證哥們寫的小說「感覺維度不夠」，但真追究起來，沒一個人真的讀完過的普魯斯特。但我們實在太累了，便訕訕的告別，各自回家。

幾天後，俄羅斯的戰鬥機被土耳其空軍擊落，普丁震怒。我不敢再理會哥們約我喝咖啡的簡訊，雖然我腦海其實浮現出後俄那幾個大名字，比法國有情感多啦，我年輕時可是把杜斯妥也夫斯基，放在所有偉大小說家們的最上頭；

但或許我哥們會牽強的說他愛的帕慕克。但我不覺得我內心有啥欠帕慕克的一絲情緒啊。

年輕人

我們在小公園裡拍照，他們把涼亭的石桌上擺滿了紫色和粉紅色的馬卡龍，一串黃香蕉，一盤草莓，木瓜，還有上百隻扭蛋的小動物模型，和我對談的是一位年輕網路詩人，身材和我一樣胖，攝影師要我們擺出比腕力，拿馬卡龍塞進嘴裡，或怒視對方，種種誇張表情，之後還要我們坐上溜滑梯，或在蹺蹺板上，總之要拍出一種色彩鮮豔，如同兩個胖子在野餐的相片。

攝影師是個光頭，長得很有型，我們在公園旁吸菸時，他說幾年前曾在北投一家民宿拍過我。我立刻想起來，那是一間壞毀將塌的老樓，原本就是間老旅館，一位美麗的女主人，在拆掉舊樓前，找了些創作者來，在每間房間裡裝置成他們書中的幻境。原來這攝影師當時就是去拍照的。

那位年輕詩人，說起如今幫他父親顧彩券行，工作非常辛苦，他們共有六家小彩券行，每天要整理儲存檔案，他且要騎機車一間間去巡。他說他小時候父親做生意失敗，很長的時間都是在「窮」這件事的陰影下，所以如今雖然忙，但日子過得去，非常滿足了。他念大學時的學費，是靠玩電動，賣遊戲幣，甚至後來開賭場，這樣自己賺的。

前幾天在澳門，和一香港年輕人聊天，他說起他少年時也是小混混，有一位大哥，還有一些都比他大的青年混在一起，他們都在那大哥的住處吸大麻，但他們覺得他太小，就不讓他碰。而這大哥都在讀一些尼采，後來大哥自殺了，是拿刀割開自己喉嚨。他跟我說這些古怪的故事時，我們正在澳門那奇怪像山寨，窄仄的老樓巷道穿梭。

我覺得我愈不理解這些年輕人的生命史了，他們在少年時代經歷了全球化，以及金融風暴，他們是徹底在網路成長起來的一代。九一一那個全球人目睹的飛機撞上雙子星大樓，烈焰、濃煙、爆炸、塌毀的畫面，他們可能還在念小學一二年級。他們比較有印象的世界大事，或就是ＩＳ，或英國脫歐、川普當選。這已經是和我成長，然後度過中年的那個年代，另一個完全不同的世界了。貧富差距的固化，使得我遇到幾個不同的有才氣的青年，成長期都經歷過我這代沒經歷過的貧困。

但這個胖胖的年輕詩人，每天在網路寫臉書，採訪者問他不覺臉書耗費時間？他說，我可是在彩券行辛苦工作的空閒，寫寫臉書，那是我唯一自由呼吸的時刻。後來許多人愛將「小確幸」的標籤扣在這些年輕人頭上，但我感覺那是個搖曳生姿，更櫛比鱗次的廢墟裡找尋不同縫隙形成自我感的生態。你用大探照燈照向那深海，暫時會覺得一片死寂，但耐心等久一點，會發現他們像小小螢光魚慢慢地游出來。

我也在常去的咖啡屋遇過這樣的年輕人，他們染髮如亞馬遜雨林裡的彩色禽鳥，但一個說起他們家是洪秀全的後代，可能當時太平天國被剿滅後，其中一支族人輾轉逃來台灣。家中父親還弄了個神壇，蓮燈燭火影影綽綽，神案上數十個神將元帥。很怪的是這樣的孩子跑來台北，學習了攝影剪接種種技術，接一些廣告或政府發包的小影片，有一天他問我，他接了個電視台要拍個連續劇，女主角是個外表嫻靜的婦人，但卻掉進一場外遇，在情欲世界不能自拔，但背景是七〇年代的台北，問我有沒有相關的書可以抓到那年代的ｆｕ，壓抑的、保守的社會背景？我介紹他去看瓊瑤的《窗外》。似乎我和他們坐在這咖啡屋裡，是同時代的人，但他所說的那像天寶遺事的七〇年代，我當時還是小學生，但確實難以言喻記得那些父親學校的女同事，或我的某個小學老師，或在永和小巷弄穿梭，走進某個同學日式老屋的家，他母親穿著白底青花旗袍，那個淡淡的梔子花香的形象……。我以為這些年輕人都是浮花浪蕊之境長大，他們換馬子比換iPhone手機還頻繁，但其實他們聆聽時刻，滿臉虔誠，像是不知世事的小沙彌。

變化

哈維爾死了。對我這樣的人來說，那或就是我卑微塵俗，堆滿鳥糞，像拾荒人地窖的書房某一個夜晚，地球的時鐘運動突然在一格刻度停止了，當然巨大的人類時間仍然往前。那個晚上，我無論如何在那書櫃前排橫堆一落落雜亂之書後，想找出那本最開始剛搬到這小公寓時，恭敬，心中輕微興奮，誠惶誠恐按自己內心分類，一格格豎立排放這麼多年積灰塵，諸多偉大靈魂其中之一，那本哈維爾寫給妻子的獄中書。怎麼都找不到這本書，像在堆滿失聯客人各種顏色的整堆衣物的乾洗店倉庫翻找自己十年前忘了拿的一件舊式格子西裝，翻得滿頭大汗，卻無論如何找不到。這個時鐘暫停讓我恐懼、悔憾。自己，或我身邊的同輩人，已不知不覺滑進一個十年前的我們不敢想像的虛無之夢，那夢的走廊充滿哈維爾那個年代的人，不可能按下的聲光快轉鍵，到現在還沒醒來，結果就這樣渾渾噩噩，在這島國小城，進入完全另一個世紀。某些模糊印象中，他即使在那處境，還是不被新人類的華麗裝幀方式引誘，還是古典的磨玻璃方式來回探問存在這件事。

聖誕夜那天的新聞，出現了幾個「奇蹟」，一是台灣那在美國公車上遺失了奇美出借的三百萬小提琴，在一置物櫃找回。一是美國一位車禍腦死原本醫生判定活不了的青年，在聖誕夜這天站起來，自己走回家。另一位是澳洲一位老太太在賭場吃角子老虎，用前位賭客留下忘了用掉的一元儲值，拉霸竟真的仙樂演奏中了特獎，合三百多萬台幣。這些新聞夢幻到讓人懷疑是記者編出來的。哈維爾去世的同天新聞，金正日也過去了。島內立刻發生女主播李春姬上身而遭輿論撻伐的典型這個島的「世界於我何有哉」的嘻嘩胡鬧，但其實虛無又孤獨。

【北韓中央通信社（Korean Central News Agency）報導】：在金正日過世的十七日上午，極北長白山火山湖——天池（Chon Lake）的堅冰在前所未見、石破天驚的巨響中裂開，顯見就連大自然也為這位北韓領導人哭泣。

官媒說，山岩上金正日的題字「長白山，神聖的革命之山。金正日」閃閃發光，一直閃耀到二十日晚上。

平壤當局宣布金正日死訊的十九日當天，長白山群峰中的「正日峰」峰頂出現異光，持續半個小時。

北韓中央通信社描述，在東北咸興市（Hamhung）的東興山（Tonghung），「二十日晚間九時二十分左右，一隻丹頂鶴飛繞金正日雕像三次，才棲上枝頭。」

朋友臉書轉貼這新聞給我時，我覺得他是當冷笑話，事實上我也覺得荒謬而恐怖，但似乎我們這個島將許多發生在與我們無關的國度的事，已習慣滑進美式影集或日式綜藝節目的一種剪接方式或「咦？喔？啊！」傲慢又自閉觀看他者的冷淡情感。連《今周刊》委託波仕特線上市調公司調查結果中，票選出來「今年最夯的一句話」：「我們回不去了」都是出自《犀利人妻》完結篇隋棠口中，而非張愛玲的《半生緣》曼楨對世鈞說的，你以為不可能被覆蓋的經典。

真是太可怕了，玩日愒歲這四個字，突然像疾駛列車車窗外刮搔玻璃窗的爪子，有真實觸感了。但真正的恐怖是，我們在這島上，可能一整代人，也覺得自己努力，疲憊，對惘惘好像又要來的經濟大蕭條感到恐懼，但似乎就是「和世界愈漂愈遠了」。這樣說似乎也不公平，大陸烏坎村的事件，萬華遊民寒冬被潑水的事件，臉書上每天數以百計則的轉貼又轉貼，但那個轉貼最後會在傳遞中（一種義憤的想像性群體的加入），在每天無數的新聞閃爆仙女棒火燄中，在失去歷史感的「每一天」的個人時間黑暗深井中終於熄滅。像海底珊瑚叢鬚在一波波不同潮流中集體款款擺動，等著下一則不義的、荒誕的、乖異的，再轉貼，再分享，再傳遞。

幾乎是前後差不到兩天的傳奇詩人（畫家）木心，在一篇叫〈麗澤兌樂〉的散文裡寫到「日昨陪幾位朋友上博物館談談，在伊斯蘭藝術的聯室中放緩腳趾，我既不知趣又像主持公道地說：『世界早已精緻的只等待毀滅』。」最開始的時候，我們即使知道自己在那蔓藤網絡最邊緣的末端，我們還是不虛無，即使知道那赫拉巴爾地底壓書成坨的恐怖景觀，我們一輩子也讀不完那些書的十萬分之一。但我們還是出門玩耍，跟哥兒們喝酒談未來的夢想，而我們的靈魂和腦袋仍像新買的空氣濾淨機的壓縮器，清新，大口吞吐，對知識貪婪好奇，不會鬱憤、害羞不敢亂發表自己糾結沒理好的想法，覺得自己拿著進入人類偉大心靈者首都的最遠程的、最小車站的車票。

羅貝托・波拉尼奧的大長篇小說《2666》，第三章男主角在墨西哥一酒館，聽鄰桌一老頭跟一年輕人扯屁。一宗連續兩百個墨西哥婦女被殺害之案件時的大發謬論，有這一段話：「人類的瘋狂和殘忍的全部典型都不是當代人發明的，而是咱們老祖宗的創造。可以這麼說，希臘人發明了人性惡，看到了咱們人人心裡都有邪惡，可是我們對這邪惡的證據已經無動於衷了，覺得這些證據難以理解，人性瘋狂也是如此。也許您會說，一切都在變化，一切當然都在變化，可是犯罪的典型沒變，同樣，人類的本性沒變。有個可以說得過去的解釋是，那個時代的社會太小，我說的是十九、十八和十七世紀，大多數人處於社會的外圍。比如在十七世紀，每運輸一次黑奴，一船奴隸要死掉百分之二十，不如運到維吉尼亞出售。

這事不會打動任何人，維吉尼亞的報紙不會用頭版頭條刊登此事，也不會有什麼人要求絞死販奴船的船長。反之，如果一個莊園主發瘋殺掉了鄰居，然後飛馬回家後又殺掉自己老婆，造成二人死亡，那麼整個維吉尼亞社會至少半年內會生活在恐懼之中，這個飛馬殺人的傳說可能會代代相傳。再比如法國人吧！一八七一年巴黎公社時期，有幾千人被殺害，可沒人為死者掉淚。就在同一年，一個磨刀的殺死了一個女人，還殺死自己的老媽，後來被警察擊斃。這消息不僅僅傳遍整個法國報刊，而且在歐洲其他報紙也作了介紹，甚至在紐約的《觀察家報》上刊登了一篇評注。結論就是，巴黎公社的犧牲者不屬於社會，死在販奴船上的有色人種不屬於社會，而在法國一個省會死去的女子和美國維吉尼亞飛馬殺人的凶手倒是屬於社會的！」

無人知曉的

山裡的小鹿

那是我初始按摩的時光，還不懂門路，不知道要找真正手藝好的老阿姨，當時迷迷糊糊，不知價位，亂走進台北松江路某間所謂養生按摩館。很像我更年輕時第一次大著膽子，推開咖啡屋的玻璃門，第一次走進撞球店，第一次跟著也無經驗的哥們走進黑影和閃電交錯，許多老外拿著啤酒瓶的PUB，在還沒進入網路世界的年代，所謂的聲色犬馬、霓虹錯閃，那似乎都是單一個體進入城市的入族式。

我被他們叫進一小房間裡，脫去上衣，穿著一條大短褲，趴在一張臉孔處開了個圓洞的按摩床上，會有一個穿著像賽車場女郎，那種銀亮或白緞面短裙的年輕女孩，進到房間幫我按摩。有段時間，她們會站上我的背，抓著天花板的橫桿，用腳尖或腳側輕踩我肩胛、背脊或腰臀，其實這並不是色情按摩，但當時我趴在那，感受到有個美少女在我的背上，輕靈的跳舞，像隻小蝴蝶或小鳥，那就像川端的〈睡美人〉一樣讓我覺得幻美絕倫，好像一玻璃皿中的絕至色情設計。整個過程她們不說一話，或是這些被按摩的衰老雄性身體，不一會即發出酣聲沉沉睡去。

有一次，有一個女孩，按著按著，突然問我，先生我可否脫去高跟鞋，穿紙拖鞋幫您按摩？我根本沒意識到這其中的差別，當然好啊，但因此第一次聽這樣打扮成音樂盒美少女，在你背上輕盈跳芭蕾的女孩，說起她的故事。

她說因為她國中時是排球校隊，她們的教練是那年代價值觀的鐵血教頭，完全是以不人道之凶狠操練，讓她們成為台南縣的第一名球隊。他的訓練是拿兩大籃排球，隨意往球場各方位亂扔，無論那是多離譜的落點，她們都要飛撲去救球，漏一球就要罰青蛙跳排球場一圈。問題是那時學校並沒有錢弄PU材質的球場，她們就是膝蓋直接撞地來進行這些訓練。其實所有人的膝蓋那時全摔壞了。但年輕時不知道，到了高中，她被保送到台南女排第一的學校。問題是那是同區最好的排球員聚集在此，原本她在國中是負責殺球的攻擊手，這時身高變隊裡最矮的，被高中球隊教練要求改當舉球員。問題是這時她膝蓋的舊傷發作，她母親送她去醫院，動了個手術，而且醫生說她絕不能再打排球了，否則腿會殘廢。

她本來從國中到那時，生命裡只有打排球這件事，排球是她的夢，這時她母親要求她退隊，那之餘她完全不知道生存的意義是什麼，於是沒多久她就休學了。她也不想再找以前一起練球的姊妹淘，每天躲在家裡打電動。因為她是單親家庭，有一天她母親跟她說，妳不念書，就自己去台北找個工作吧。但她能找什麼工作呢？就來做按摩。但因為膝蓋的舊傷，常常一天按四五個客人下來，站著十小時吧，回去家裡，把腳倒掛在牆上，膝蓋都像火在燒一樣痛死了。她們的老闆要求她們要穿著高跟鞋工作，說這樣客人才喜歡。

我沒想到原來踩在我背上，那輕靈的小鹿般的美腿，原來是在排球場上奔馳跳躍的排球少女的腿。這個像賣火柴女孩幻滅的光暈，傷害她膝蓋的國中鐵血教練，其實台灣的女排從不是國家的重點項目，在亞洲排名頗後，那樣無意義的召喚她們的排球魂夢，卻沒有任何保護她們身體不受傷的意識，這整個荒謬和粗暴，讓我在那城市幻麗的小房間裡，被無法言說的悲傷包圍。

有一次進來一個像我一樣胖的女孩，她要爬上踩我的背時，我心裡哀鳴：

「不會吧？」真的像被大象踩過，聽到自己脊椎關節喀啦喀啦的響聲。但這胖女孩的故事也非常動人：她是隔代教養家庭的小孩，就是父母在台北當建築工人，無力撫養，將她丟在台南一個叫白河的鄉下，讓阿公阿嬤帶。她說起童年時光，無限懷念與嚮往，她說起在甘蔗田裡抓蟋蟀，抓田雞，烤番薯，她可以辨識各種昆蟲的幼蟲。後來她阿公阿嬤先後過世，她就北上和爸媽和妹妹一塊住，但很怪的是，她幾乎十七八年都是跟阿公阿嬤一塊生活，和自己爸媽妹妹，像是外人，說不出哪裡都藏著一種陌生。後來她阿公那塊地，也被徵收去蓋南二高速公路，等於那與她童年有關的一切，全煙消雲散。只有幾次，搭車到南部，經過南二高白河那一段，會看到一棵矗立田野中，非常大的榕樹，那是她阿公家以前的地標，她眼淚就會一直流。

另一次，一個輪廓很深，有一雙美目的女孩，也是站在我的背上，腳趾踮起輕輕踩著肩胛骨下方和髖骨，說起她從小在花蓮的山裡，和阿公住在一個老房子裡。她的父母也是在台北，當水泥工和停車場管理員。她從小學，每天要走一個小時的山路到學校，放學再走一個小時回家。阿公身體不好，其實都是她煮飯，幫自己帶便當，自己簽聯絡簿。父母寄來的錢也很少，有時甚至好像忘了有他們這對爺孫，很長一段時間沒寄錢。

大約她小六時，有一天放學，她走回家，發現阿公坐在椅子上，死了。於是她又走了一小時路，走回學校天已黑了，她告訴住校的老師，老師幫她通知台北的父母，然後騎機車載她回去。非常奇怪的是，她爸媽趕回來，匆匆處理了阿公的後事，竟就回台北，讓這個十二歲的小女孩，自己留在山中的屋裡。她從那時到國三，自己一個住在那，每天來回走兩小時山路，自己煮飯，自己照顧自己。之後才上台北，做這個按摩的工作。

那時我說：「好像村上春樹的小說喔。」一震撼我的，其實不是我想不到這樣的年代，窮困其實還是存在於我的國度的各角落，而是那不可思議的孤寂。只有自己一個人，無人知曉之境，像土馬鬃從廢頹的階梯裂縫長出，然後在都市這美少女夢工廠的密室裡，用那每天在山林奔走，練出來小鹿般的腿，踩著那些胖海豹般老男人肥厚的背。這樣的故事，真是比村上那些小說，還要寂寞啊。

逃家

說來我好像從小有「離家出走」的怪癖，我小學二年級時，沒有任何原因，只是一時異想天開，便策劃了一次逃家的行動。很多細節我忘掉了，只記得那天我如常去上學，但我書包裡裝的是兩隻我最愛的破布熊，還有一小塊拼圖——那是一幅台灣拼圖中的「台中」那一塊——上面只寫了「合歡山」，我還拉了一個我的嘍囉一道，我記得他叫謝志道，說來是個倒楣的孩子，糊裡糊塗就被我這個玩伴拉了說：「我們去合歡山吧。」說來真是胡鬧，我可能偷了我爸媽一些錢，但我們兩個小孩，要如何搭車去台北火車站，然後坐火車下台中，再從台中搭車去合歡山，這整個過程我完全沒概念。這樣說來我真是奇怪的孩子。當然我們根本沒出校園就被逮了，我們在某一堂下課，躲在校園一處樓梯間死角的一個大箱子後面，上課許久，老師發現這兩個小朋友不見了，便發動同學們出來搜捕，不，找尋。

總之莫名其妙出了這個事，我被我媽揍了幾下，她很少修理我們，但這事她不敢讓我爸知道，我爸知道會把我揍個半死吧，但我想我母親心中應有一種疑惑的傷心吧？這孩子是對父母有何不滿，為何小小年紀就想離家出走？

當然這要到很多年後，我長大了，讀了昆德拉的《生活在他方》，才附會的想啊，可能人類潛藏著一種想去遠方的無名衝動吧？我小時候的台灣社會，相當封閉保守，或者說是我們生活的那永和小鎮，平靜單純到，我總幻想著一定是要戳破這個像電影畫幕或馬戲團的帳篷，才能看見外面新奇魔幻的世界。

其實後來在許多個放學途中，我在那蛛網狀的永和小巷弄裡穿繞，那時還沒蓋起樓房，都是黑魚鱗瓦日式房屋，牆沿探出桂花、杜鵑花或木瓜樹的人家，我是不是也常浮現這個想法，我只要在某處拐角，和平時走的路線相反，會不會走進另一個世界？另一個人生？但這種惘惘的跑離現有人生的念頭，我爸媽都不知道罷了。我也常在午休趴在教室課桌，睡不著而幻想聯翩，可能世界遭受一種外星人攻擊，全部的人像一二三木頭人靜止不動，就是時間被凍結了，只有我意外是唯一一個不受這攻擊影響之人，所以只有我一人在完全靜止的街道晃蕩，我可以任意進麵包店拿我愛吃的放了櫻桃的巧克力蛋糕。說來一個小孩對無限自由的想像，真是貧乏得可憐。

高中時有一段時間，我交了一些「壞朋友」，抽菸打架鬼混，在我父母眼中，就是學壞了。有次我和幾個哥們闖了個禍，細節就不說了，總之就是勒索了一個我們覺得很雞歪的肥仔，這事後來被教官查破，訓導處已要把我記大過。我父親是個很正直的人，他本身就是個老師，我做這樣的事他肯定覺得丟盡我們駱家祖先的臉。於是我就和我一個哥們，一起蹺家，我們先去找一個同學借了一千塊，搭火車南下，倉倉皇皇，當時想到南部找個工廠做工，有一天闖出頭再衣錦還鄉。說來這還是和我小學二年級那次離家出走一樣，缺乏細節的現實理解，我們坐到苗栗，在一間小旅館住了一夜，錢怎麼就不夠再往南走，於是這哥們打電話給他一個筆友（這也是那個沒有網路年代的純真發明），向她借了一千塊，那是個新竹女中的女孩，我們又搭車到新竹跟這位他從未見面的女生拿錢，再繼續南下。最後我們在彰化投奔一位朋友的朋友，他也說會幫我們找工作，但才待了一晚，我那朋友就想家，最後我們灰頭土臉的返北，結束了這次莫名其妙的逃家行動。那趟旅程中間的移動，我們穿著卡其制服，背著書包，在火車站或客運站等車，那畫面就像侯孝賢的《風櫃來的人》，或賈樟柯的《小五》，那麼灰澹、凌亂、貧乏。

「逃家」這件事，像是發疹子，很怪，等長大了，真的離開家了，父親十多年前過世了，母親後來也老了，一直在逃離的那個家，最終也就變成幻影。可能還是對像公路電影般，充滿不可知的世界，憧憬、幻想、想不惜流浪去看看。然後人在長時間的漂流，怕了那種隨波逐流的渺小，易碎，就又渴盼有個家了。

神交情

我小時候讀了許多父親書櫃最底層的演義小說：西遊、水滸、封神、說岳、征東征西掃北、七俠五義，這些那些，在那物資匱缺，與世界連結資訊管道如此閉塞的年代，我父親管我們又嚴，平時不許出門和鄰居的其他小孩亂跑亂玩，自然腦中就存在一個，和現實世界脫節的濛鴻虛境。說不定和現在迷網路電玩的小孩也差不多。只是我深深相信，天空的雲層之上，必有金碧輝煌霞光萬丈的天庭樓宇，有托塔天王、李哪吒，有二郎神和他的嘯天犬，有南海觀音，有太上老君，這些不同官階的神仙們都是老朋友，很像我們現在看演藝版，誰誰誰關之琳和劉嘉玲吵架了，或陶喆的前女友在微信開轟；或看ＮＢＡ，魔術強森或巴克利誰又大嘴巴，說勒布朗．詹姆斯排不進歷史前五偉大球星，或說柯比在巔峰時，那是現在這柯瑞能及其衣角。就是這麼回事，我那時的小腦袋瓜裡，相信天上的神仙佛菩薩們，也是這麼熱鬧的，好爭辯誰強誰更強，誰養的寵物去咬了誰，或哪個神仙調戲哪個仙女就觸犯天條，這些跟現在網路世界差不多的事兒。

那時我母親，每到過完年，但還沒元宵，譬如初七或初八的某一天，會帶著我哥我姊和我，提著一袋水果和餅乾或一種叫「麻粩」的很像巨大蠶繭的炸中空的甜食，像趕集或給各家拜年，我們轉不同的公車（台北那時還沒捷運），到民權東路的恩主公廟，大龍峒的保安宮，還有萬華的龍山寺，拿整大束的香對著鐵盤上一圈一圈的紅蠟燭點著，然後把香分給我們，從主殿拜起，然後後殿一廂房一廂房的各路神明都要拜。其實台灣這些老寺廟都是佛道不分，都是功能神。譬如保安宮正殿祭祀的保生大帝就是個醫神，後殿正中的神農大帝也是醫神始祖，但總還配享文昌武聖，媽祖娘娘水仙尊王（保佑當時河道船運的水手），也有註生娘娘。龍山寺則是正殿是觀音菩薩，後殿中央是媽祖娘，真是同時討好天后和一姊啊。我們大約都是下午四五點出發，這樣隨車顛盪，然後擠在那些一臉虔誠悲傷跪著擲筊的大人之間，一尊一尊拜下來，到回家通常都是我們靠著車座椅搖晃瞌睡的末班車了。

那些神明的雕塑栩栩如生，神龕上的五彩藻井，影影綽綽，香煙裊裊，我總覺得和他們是舊識。他們在不同本的話本演義裡，有不同的故事和遭遇。我母親非常虔誠，但小孩跟著這拜拜之旅，難免說些屁話。譬如龍山寺的後殿文昌帝君的神座旁，還陪祀了一隻白驢子，想是他的坐騎。前頭也放著小香爐，我母親要我們也跪拜，我腦中那幅《西遊記》加《封神演義》的華麗唐卡嗎，就會轉動起來，「幹嘛拜他的驢子嗎？」那跟現在小孩你要他拜神奇寶貝是一樣的不甘願吧？我母親會非常驚恐，扯著我耳朵要我跟神明賠罪。好像你得罪了文昌帝君的驢子，你這孩子文昌帝君以後就不保佑你會讀書了。（確實後來我一路功課都蠻爛的。）但其實我腦袋裡的檔案庫，我比我母親對這些神明還熟啊。你說文昌帝君，他在孫悟空面前，那只是顆哆嗦磕頭的小星宿吧？我那時腦袋裡，相信自己在天庭或也是個有來頭的，但或是個職位不高的，我從小對狗就有辦法，再大隻的狼狗，路上遇到我也不怕，就是能哄得狗兒跟我撒嬌。那時我心想可能我在天上，是個「弼狗溫」吧？

摔

女孩被拋到空中，下面的人沒接住，摔死了。

不知從哪個年代開始，我在美國大學籃球賽中場休息時間，或某些好萊塢B級運動勵志電影，看到這種「像牙膏廣告」的啦啦隊女孩們的露齒假笑。

被拋上去的女孩能預知這一切嗎？像電視上那些美國金髮啦啦隊臉上擺出僵硬的假笑。我有時會懷疑，那和俄羅斯或東歐馬戲團巨大帳篷之頂，穿著緊身衣在高空鞦韆上被旋轉拋甩的冰雕美麗臉孔少女的生死技藝；甚至冬奧溜冰場那雙人冰舞被她們高大的男伴優雅拋上天空轉兩圈像天鵝墜落冰刃劃出漫天冰屑的美感相比，這種美式啦啦隊又不像疊羅漢，又沒有芭蕾造型之美的一群男孩女孩苦練（我有時會在台北火車站迷宮般的地下街看到一群高中生男生女生在練最基礎的，扭頸、咧齒、快速轉頭），對不起真的有一種「這樣傻氣的團體活動將來我兒子敢去參加，我就打斷他的腿」的阿伯迷惘。

這是怎麼回事？怎麼會發生這樣的事？譬如「小黑」柯受良，飛越長城、布達拉宮，飛越黃河壺口瀑布，當然他最後是在醫院死於哮喘，但我們的模糊記憶，總會錯誤的跳接成「柯受良是死於某一次不可能的遠距，在飛越峽谷、河道或大廈高空墜地後，在一片爆炸烈焰濃煙中消失人間」。譬如一生不斷挑釁訕笑死神的「脫逃大師」胡迪尼，困在水牢或地底棺木箱中從重重手銬、鐵鍊、縛綁索中掙脫（據說他可以讓自己肩膀脫臼而從縛索中創造原本不存在之空隙），但最後死因成謎，一九二六年官方說法是腹部遭重擊，導致盲腸炎併發腹膜炎致死，但當時未解剖屍體而匆匆下葬。後來傳言甚詭譎，說他因揭露靈媒團體騙人，遭下砒霜，這個靈媒團體成員，甚至還包括「福爾摩斯」的作者柯南．道爾。這太奇怪了，我一直以為胡迪尼是在某一次倒懸高空解鎖，鎖銬卡死，活活在觀眾面前墜下摔死……

因為我們看過太多像《生死一瞬間》這樣的影片了，被吸進噴射機引擎的地勤人員，爆炸被烈焰吞噬的F1賽車選手，鬥牛場被牛牴騰空撞飛落地的削瘦男人……我們迷惑著，那是什麼？玩命。那些人知道他們在死神沒表情的臉頰挑釁的輕拍嗎？

許多年前的那個下午，我和丁百無聊賴地晃進那間假日空蕩蕩的小學校園。那時我們都只是十五、六歲的國四重考生少年，但籃球場那頭圍繞著籃球架拿著四、五顆球往上扔拋的，全是一些小學生小鬼。奇怪的是那籃框是正常成人比例高度的籃架，而非一般小學校園讓大人動輒可以躍起灌籃的矮籃球架。所以那群小人兒七零八落往上投籃，幾乎都連框都碰不到，有點像一群古代士兵圍著一架巨大的攻城車，浮躁激昂地搆不到那車軸。

靠近一些時，我們發現那群大約小學三、四年級的小鬼，拿著大小不同的球（籃球、躲避球、假籃球外貌的沙灘球，甚至還有人用拖鞋），往上扔擊在籃板後方支撐鐵架上，一個像猴子般敏捷在大家頭頂上挑釁橫移的小鬼。但下面的這些孩子臂力真的不夠，皮球只有呈一軟羽拋物線勉強到他吊著的高度，不痛不癢被他躲過，或被順腳踢下到遠處，害下方攻擊者狼狽地往黃沙漫漫的操場去撿……

本來這不干我們的事，但丁突然撿起掉下在他腳下的一顆籃球，開玩笑地砸向籃板，當然是避開沒去真K他。但「砰磅」一聲的震動，登時讓上面和下面的小鬼全驚懾發現我們的在場（我們在他們眼前，已是「大人」的形貌了）。丁這樣實在也無聊了。但上頭那猴王般的小子，意識到威脅性的敵手來了，他往籃板更上緣爬，雙手攀住鋼管和籃板接處，然後對下面的我們大喊：

「幹令娘機掰！」

這惹火了我們，我們開始向另外那些小孩要他們手上的球，朝上炮擊。說也奇怪，那球往上乒乒乓乓打在支撐鋼管的結構間，像打彈珠檯遊戲那樣反彈三、四次，有幾球力道很強也砸中他了，但他死抱著籃板，貓著身體把自己掩護得很穩……

這讓我們從原本年齡懸殊的不當回事變認真起來。我發覺丁連著幾球是瞄準他握住籃板沿的手……但下個瞬間，那孩子被我們擊落了。他的手鬆脫開原本抓住的地方，雙臂張大向後倒栽像很多年後我才從電視看到奧運高台花式跳水那樣傾倒下墜的姿勢。逆著光，像慢動作一樣，他在半空翻了一圈，我們也靜止在奔向他想接住的那抬腳動作。他便已摔在那水泥地板上了。

這下換我們慌了，所有其他小孩一哄而散（應該是跑回去告狀了），還好這小子是屁股和腳混著著地（沒有出現摔破腦殼流出腦漿或耳朵出血的畫面），但連我那年紀心中都不祥地想：「該不會把脊椎摔壞變癱了吧？」那小子當然一直哭，但他沒有大吼大叫，說來是個勇敢的傢伙。我們扛他去小學校門馬路對面一間診所的一路上，不斷跟他賠罪，非常低聲婉語。而且好像開始重建那記憶畫面，「大家在那投籃，他吊在籃板後面，不小心就掉下來了」，對，等一下如果他家長（甚至條子）興師問罪，我們就這麼說。我不記得我們有沒有很沒出息地哀求他。

在診所裡照X光，醫生給我們看那黑底片上裂開的髖骨，膝蓋和肘骨都有一些挫傷。算幸運的。問他頭會不會暈，臭小子竟然說頭很痛（後來我們才理解他也在為接下來的場面而裝死）。醫生說：「哦，那要觀察一兩天看有沒有腦震盪。」於是讓護士給他吊營養針。（現在想想，媽的這診所醫生不是趁機撈一點吧？）過一會兒他的小學老師趕來，一臉倒楣疲倦的中年婦女，「黃如駿，又是你。」似乎是班上的闖禍頭子。「你自己說，你昨天怎麼答應我的，結果今天馬上出事。」可能很怨懟難得禮拜天顧一下自己小孩，結果接到電話還得換外出服騎摩托車趕來診所。

奇怪的是，大家都把我和丁當作好心送他來就醫的大哥哥，沒有人追究事情發生的經過。好像這傢伙平日闖禍就跟吃粥配醬瓜一樣家常。可憐的他被裹了石膏掉了點滴，抽噎著，哆嗦著，哆嗦著說他頭痛。但老師還在對我們告狀般，叨念他這幾天幹了哪些壞事，多少小朋友的家長來學校告狀……

接下來衝進來一個氣急敗壞，黑胖的婦人，一進診所就呼那小子耳光（這時他看上去好可憐），可能是在市場賣魚或螺蚌蝦蟹類的，穿著膠鞋，渾身魚腥味。一直痛罵那小子，跟老師賠失禮（這禮拜之前已二次被叫去學校了），跟醫生說這孩子是不是中了邪，好像來跟她討債的……

沒有人問我們為什麼也在這裡？沒有人問他為什麼會從高處摔下來？（凶手就一臉文質彬彬站你們旁邊啊。）

連那小子，似乎也失憶無法重組，或描述自己的受害過程。我們還像陽光的大哥哥，安慰那憤怨的母親和老師，這個小孩非常勇敢，摔下來都沒有亂哭，人家說皮將來一定有出息。哦？你們是什麼學校的，嗯成功高中的（其實是重考班），喔沒怪那麼有禮貌那麼優秀……一轉身又是破口大罵，看你國中能畢業就跟我去市場……

之後我和丁便沒事般但內心總有一塊什麼灰灰髒髒的附著住了，那樣離開那診所。

棄屍

有一次他和妻子，散步走在夜闇的師大夜市，可能才一兩個小時前，這裡是噴散著年輕男女荷爾蒙氣味和汗臭，那些染火紅電藍頭髮、穿著螢光白小可愛露出小蠻腰上肚臍環或換過視角豐腴的屁股溝從垮褲上沿整個露出，像虛空咒印這些年輕人後來愛在尾椎或後頸神經叢最密布所以最痛的部分，刺青那光影暈染如此柔和之達文西、米開朗基羅的天使畫像。不再是龍啊虎啊鳳啊麒麟啊這些東方神獸。你擠在這群年輕、廉價像熱帶莽林大量從爬蟲類卵堆中孵化出來的腥濕身體裡，被他們推擠著無方向感地前進，像在一條全是哀鳴淫癡人體的地獄冥河中浮沉。

但像幻術一樣，他和妻子這當下走在這地面積著一層黑汙泥垢的魚骨狀小巷弄，空氣中還飄散著烤魷魚、臭豆腐、燈籠滷味、鹽酥雞這些混在一起像餿水味的油煙氣。但那所有的淫娃美少年全被黑風老妖的兜袋「嗖」地瞬間收去。一片空荒寂涼。只剩各攤子的老闆或老闆娘蹲在水溝邊，用接來的橡皮管沖洗那些糊滿紅色醬汁和動物內臟殘屑的塑膠碗盤。

當他們走到其中一個巷口轉角，妻子突然發出（像年輕時他們躲在木板隔間的女孩們分租宿舍，妻的床褥裡歡愛，她把嘴掩上但仍像門輕輕推開那鏈扣處輕微的咿唔聲響）：「啊。」的一聲悲鳴。

順著視線看去：在那角落一堆廢棄保麗龍碗、藍色餿水桶、破爛大Hello Kitty布偶、一些紙箱，甚至一台扔棄的他們那年代才有的大屁股電視……總之，在那暗影之角，栽翻著一具赤裸的身體。

第一印象他絕對認為這是具屍體，那以一種非常不自然的姿勢拗折著，頭埋在那些保麗龍或空塑膠飲料瓶中，腿像被施暴或折斷或隱沒在更黑的暗影，所以他們只看見那（應是男人）的脊梁（奇怪竟能看見那像三葉蟲化石般的環節浮痕）和翹起的，姿態屈辱的臀部。他的妻子掩嘴啜泣起來。是棄屍！那身體的殘骸破碎印象，後來他一直回想：不，那絕不是個醉倒在水溝邊的酒鬼嗑藥嗑茫了被同伴亂丟棄的毒蟲，他確信那第一眼的印象，那被傷害、被施暴過的身體，皮膚表面有一層，死屍才有的髒汙灰白色澤。

他聽到自己的心跳聲。「怎麼辦？」他和妻子低聲商量。周邊那像迷宮輻射進深夜暗影的各窄巷弄，仍是一格格剛歇業，或正在打烊的疲憊的攤家們。但怎麼會咫尺之近處，有人這麼粗率隨意地棄屍在此。他想到有一陣子臉書流行一種年輕人的「仆街」照。就是某個年輕人在臉書貼上，他在總統府前、捷運車廂、龍山寺跪拜祈求的阿婆旁，或小學的司令台、ＡＴＭ提款機下方，或香港中環人來人往馬路上、京都哲學之道、北京天安門廣場……「到處存在的場所」，然而永遠只有一種姿勢：「仆街」，額頭頂在地面，另一支力點是兩個腳趾，身體其他卻還反視覺重力印象地懸空。但後來他才聽人說起，「仆街」這個詞是從香港人咒罵人最惡毒的意象而出，市井之人仇怨深至無從施報：「你去仆街啦！」意即被咒之人，一走出門便會被車撞死被歹徒砍死被天上墜落招牌砸死……

死狀就如他們眼前這悲慘的棄屍。

他們像逃離現場那樣無言疾走到大馬路這頭（是恐懼那惡死的怨靈？或是怕被捲進他們不知的，那夜市裡的恩怨仇殺？甚至暗自羞恥的，最近風聲鶴唳的N9H7禽流感病毒的新聞，似乎下意識想逃離某種「屍毒」之病原印象）。他打電話報警，描述了那「棄屍」的所在巷弄方位，但電話那頭的警察似乎不當作什麼了不起的大事。「嗯，嗯……好，我們會過去看看狀況……」他多心地覺得夜間警局的背景聲，怎麼很像「鄭多燕減肥操」的配樂和口令。

那夜他和妻（好久不曾了）相擁而眠，殘破的屍體，或人類對人類的殺戮，或死亡本身，這總有一種讓人覺得死生契闊，人置身在亂世的渺小和畏懼。他作了個夢，夢見他到中國一個偏僻農村去找一位老大哥，那似乎是個編制已脫離控制的解放軍營，同樣是在深夜裡，像在一個廢置車的拆解場，影影幢幢一架輪胎拔光只剩空殼的老巴士旁，幾個年輕穿迷彩褲但只穿背心的軍人圍著一團篝火在喝啤酒。他向他們打聽那老大哥是否在這裡，拿出老大哥寄給他的信，儘量無辜老實笑著解釋自己是無意闖入他們的營區。暗影中瞄見幾個躺臥的年輕人旁，也躺著三、四個女人的模糊軀體。他心底覺得這幾個不幸姑娘應早被這群禽獸輪暴蹂躪，說不定早就死啦。他小心翼翼陪笑倒退離開，背向他們時，那裡頭有幾個傢伙，純粹是無聊好玩或還在摸索要看他反應決定怎麼對付他，撈起一些石塊從後頭扔他。有幾顆擊中他的後腦勺，或背肩，但他繼續保持一種不擾動夜色的穩定速度走著。

「他們會殺了我。」

在那樣的恐懼中醒來。稍晚一點他又打電話去那派出所，問昨天那「棄屍」之事他們查的是怎麼一樁案件。接電話的年輕警員完全搞不清楚狀況，說紀錄上昨夜沒有這樣一個報案紀錄啊。過中午時，他和妻子決定跑一趟警察局，但警員們帶著一種敵意或戒懼的客氣，向他們解釋，昨夜到今午，這附近幾個管區，都沒有重大刑案的紀錄。問他們可有現場拍照存證（這令他們倆扼腕不已）。一個年輕警員笑著說：「是不是喝醉了，看錯了人家美髮店或服飾店扔在垃圾堆的那種假人模特兒。一般人就算死了，怎麼會衣服都剝光呢？」

「或是哪個嗑藥嗑到半條命了，栽倒在那兒，恰被你們看見，但天亮後他自己醒了，拍拍屁股又走了。」

他們懷著一種二度傷害的心情，互相打氣，膽怯地繞回昨夜撞見那「棄屍」的現場。光天化日下，不要說屍體，連昨夜那角落堆放的棄物、垃圾，也全都被人清走了。他腦海中想像著，那灰色的屍身，被粗心的清潔隊員，連同那些垃圾，扔進巨大黃色甲蟲閃著刺目強光的垃圾車後的機械攪碎器裡，被軋擠碾碎成骨渣肉醬……

在那魔術般什麼被變不見的角落，有三隻可能還沒斷奶，像手那麼大小的虎斑小貓，如此柔弱地偎靠著，瑟縮發抖著，咪咪嗚咽著……

音叉

那天下午，他和一位年輕女孩約在他家附近一間咖啡屋碰面，因為他抽菸，而這間咖啡屋有一塊略高出平地木搭平台的憑街戶外區桌位。他在等候那女詩人來的時間，覺得瑟縮在這深冬寒風裡真是傻B，感覺薄薄敷在他身上的一層陽光都像冰箱冷凍櫃裡的霜霰，眼前的空氣在低溫中似乎也緩滯了景物的析光度，一切都灰濛濛的。

這條小街對面人家院落裡伸出牆的樹枒，葉片全像死去許久而枯萎蜷縮的鳥屍。他想：死或許是一種幻覺，一種心念，一種像音叉敲響了就會傳遞那一波一波顫動的共振。我坐在這裡，也許像那些一瞬間死於核爆之高溫火球，一瞬間被蒸發的人們，完全不知道死亡已發生。像有一陣強光眨眼睛劈面而過，眼前光度被調了一小格色差。然後什麼也沒發生過一樣。我仍坐在這裡。

後來那女孩來了。他們可能閒話家常幾句。女孩說，她的妹妹，在三個月前，自殺了。

有一停頓時間，他想：之前我們原本說的是什麼呢？女服務生才送上她點的熱茶，這女孩說起這事的表情，像是某一科期末考被當掉了被留級了那樣的無辜。她說她妹妹這幾年長期為憂鬱症所困。有看醫生，但瞞著她媽假裝有吃藥，其實都把藥扔了。之前已自殺過幾次，都被她們攔住了，只是這次被她走成了（像在說一個愛翻牆偷跑去外面玩的野ㄚ頭）。她是在一間汽車旅館裡燒炭自殺。而是女孩接獲警方通知去認屍的。還好是她去。如果是她媽去面對那個景象，那恐怕會崩潰。

家裡還有其他兄弟姊妹嗎？沒有，就我們姊妹兩個。他發現自己甕聲甕氣地問一些廢話。像飛蛾繞著那冒著淡縷黑煙的燭火四周盤旋，不知該說些什麼，但又繞著那對她至親然對他完全陌生的死者，形成話語的層層翳影。包括她其實長大以後很恐懼和家人之間過度緊密的關係。但這事發生以後，她得每週搭高鐵回家陪母親，於是那個疲憊感又慢慢浮現出來了。

他忍不住跟女孩說了幾天前他才收到一位香港友人的丈夫自殺的簡訊，但才說就意識到那是冒犯。他幾乎可以從她倒映著冬日蕭條枝葉樹杈的眼珠玻璃，看到那極淡的色素那端的疑惑：在這個描述中的那位年輕丈夫（香港人），和她妹妹有何關係？只是恰好對他，像兩支音叉在極靠近的時間敲擊，他同時聽到兩個人（其實和他也皆近乎陌生人）自殺這件事。兩個死者的孤立獨自的生命史完全不同；攫奪他們各自活下去之意念的外人不懂的痛苦也像兩張完全不同聲紋的黑膠唱片（可能一張是古典樂，另一張是重金屬搖滾）；當然模糊中他都聽到「憂鬱症」這個詞；但他們連自殺的手法也可能完全不同……因此他將這兩者並置提到，是否粗暴地顯示他內心將之歸檔了、貼上標籤了：「自殺者」，同時是造成某一個人凹塌傷慟、歪斜難以恢復回原本那個正常世界的，「一個不存在的，瞬間被飛行艙內破洞吸走的至親之人」。

但對他而言，那確實像兩支音叉極近距離在他腦殼中敲擊的共振。波的干涉嗡嗡亂了原本的音頻，他可以這樣安慰她們（那成為遺孀的香港女孩和台灣女孩）：我有同樣的經驗。雖然後來此事沒有臨襲在我身上，但我也曾穿過那死蔭之谷，那片讓人瘋狂、被圍困其內的濃霧森林。譬如他看過某一部好萊塢電影：一個被妻子戴綠帽子的丈夫，妻子卻在一次對他說謊實則和情夫祕密至某一座城市之約會，發生空難。那像是漆黑深海打撈他不理解的，妻子生前「另一個她」之殘骸。逐漸拼圖，線索再編織線索，於是他終於和那個，妻子情夫的妻子，另一個被背叛但同樣被死亡之厚玻璃隔擋住而無法追查「為何我被不愛了」的未亡人碰面了。他們各自交出手中可憐兮兮掌握的不全破片，交叉對照，逐漸描繪、趨近那兩個現不在了的偷情男女隱藏多年，完全不露破綻的不倫激戀。

他不記得後來這個悲傷的亡夫，和他妻子的情夫的亡妻上床了沒（這好像是這種情節設計必然之梗）？

或者是，像替身、像影武者，像古代戰爭之詐術，找一個身長體貌相似之人，打扮成敵方要取其首級之上將，甲冑、裝束、旌旗、隨從，站上夜色城牆，招喚那萬千如雨箭簇？因為死神騎著盲馬提鐵鍊飛馳而過，發生過了一次的情境祂就不會再折返重來？他們替他去目擊那恐怖、時間凍結、無間地獄的場景？但其實一如「量子自殺」：在所謂的量子宇宙，每一分每一秒都有許多個我們，在令其孤獨展開如蕈菇叢的其中一朵宇宙裡死去，那些「我」只要一死，屬於他們的那朵宇宙便如燈焰被吹熄，能持續觀看著眼前這一切仍紊亂閃跳著的「世界」的，是在極微機率中那朵「我」倖存沒死去的宇宙。有東西被抽走了，原該發生的並沒發生。

他似乎用了同樣的修辭安慰她們：想像他（她）正在自由飛行。感謝這時代的電影，似乎死後的詩意場景都可以從虛空中打光、建構、布置起來，比佛陀的那些弟子們描述的靜止極樂世界更像我們居住的這座城市。他只是獨自搭機（穿過那些機場安檢、免稅商店街、臉孔模糊的人群、寫著不同數字的登機閘口、遙遠的廣播聲）到一處我們陌生的城市罷了。或像按了緊急鈕將自己彈射出機艙，成為風中微塵。有一瞬他為自己無法比古典時代的悼亡人想出更強大支撐並安慰留在塵世繼續體會「活著」的艱苦時光的人（包括他自己），感到羞愧。

逃兵

咖啡屋鄰桌兩個三十出頭小夥，聊著他們「逃兵」的艱難過程。一個帥帥的傢伙說：「你別看我現在很瘦，那時我吃到一百公斤啊。」他說他從念專科時就想好將來絕不去當兵，「我很痛恨那種集體生活，一個口令一個動作，而且這一年和你之後的人生一點關係也沒有，卻要在那邊被人羞辱，痛斥，他可以要你滾過來爬過去。但其實那些掛著軍階，把你當牲畜貶抑的排長、班長，他們可能是沒有靈魂的人，對生命沒有你認真，相信文明價值的人。所以我從那時就下定決心要逃兵。」

他說，他一開始是用「重度憂鬱症者可以免服兵役」這招，他去掛號一個精神科，在醫生面前裝出恍惚的模樣，說話破碎、飄移，說自己常有想尋死的念頭，但搞了三個月，醫生開給他的證明是「輕度憂鬱症」。這時還遇到另一問題，就是若他被判定是「重度憂鬱症」，拿到殘障手冊，因為是自殺高危險群，便成為保險公司的拒絕往來戶，但他爸媽已幫他投保很多年了。好吧於是他使用了另一條路：「吃胖」。他的朋友有一群全是想逃避兵役的，但沒有人像他意志那麼堅定且理論化了的，所以那一年的時光，他不同的哥們，輪流找他去吃吃到飽燒肉、吃到飽火鍋、吃到飽自助餐，就是像餵豬那樣要把他餵到一百公斤吶。到了要去體檢磅重的前幾天，他還差三公斤，於是吃止瀉劑。（另一傢伙驚呼「連大便都列入戰略計算？」）要進去兵役科之前，他準備了各種飲料，有茶、運動飲料、果汁，還有他媽幫他煮的蘿蔔湯，因為他要灌下三千西西的水（也就瞬間增加三公斤），但有個念醫科的朋友告訴他，瞬間喝這麼大量的水，會「水中毒」，不能讓血液濃度那麼短時間下降，所以他採用這種「雞尾酒式灌水法」。他還找他表哥去幫他打氣，當他灌水灌到開始吐，他表哥便罵他：「你吐啊，你到部隊裡再去吐吧。」如此激勵了他，於是奮力再灌，如此總算順利磅出一百公斤的體重，被蓋上「丙種體位不予入伍」的戳章。

另一個傢伙說：「你這是短暫的肉體受苦，我用的路子可辛苦多了，而且是精神上的。」因為他是入了伍，新兵訓練時遇上一個非常變態，虐待狂的班長，有一天他決定，要用非常手段讓自己離開這鳥地方，於是他開始強迫關機，再也不講話了，班長、輔導長來跟他說話，他都不應；他們說你他媽再裝啊，操他，叫他匍匐前進，交互蹲跳，他打死了不說話，也不做。他們有點害怕了，把他送進軍醫院再轉診高醫附屬醫院精神科，被判定是精神病，關進精神病院待了兩個月。他媽一起送進去的來自各部隊的二十幾個瘋子，全是裝的。他們互相眼神交會時，都會露出一瞬即逝，鼓勵的微笑。但送進精神病院後，那裡頭關的就全是真瘋子了。那兩個月真的待得超痛苦。

他們各自叼著菸，噴雲吐霧，無限感慨。「幹，真的很辛苦，但超值得。」他們講起醫學院的學生，十個有九個都不用當兵，他們的技術才專業了。有一些鬼鬼祟祟的針劑，什麼血小板不全，心律不整，血壓過高，心瓣膜閉合不全，肝臟腎臟的問題，都可以偽造出來。他們真是什麼方式都用，還有每天遮一隻眼，另一隻眼睛近距離貼在電視屏幕，如此可以造成「兩眼視差」不用當兵。還有用法國人養鵝肝的方式，每天吃超高蛋白質，讓肝臟在短期內呈現指數過高，而躲過兵役。增胖逃兵的那帥哥（他現在看去一點也不胖）

說，他認識一個醫科的，用的是血壓過高，但其實他還差規定免役的標準有一段，檢測那天不知用什麼方式給他弄過了，但兵役科給他手臂裝一個儀器，每天一段時間就監測他血壓，如此戴一個月。每次那機器要開始檢測時，一個氣囊就開始充氣膨脹，我們那時都在一個電影製片公司，每次開會到一半，那個測血壓器開始有動靜，他就說：「欸，欸、你們快打我！」我們就圍上去拳打腳踢，他的血壓也就真的飆高。好這一關過了，但他還要住進海軍醫院一個禮拜，每天護士來量血壓。這真是沒轍了吧？但我們這些哥們，假裝拿水果禮盒進去登記探病，裡頭裝著威士忌和兩千塊的檳榔。如此還真的給他逃成功了。

關於我自己在二十年前，吃胖逃兵的故事是這樣的：那時我七十多公斤，以我的骨架、身高，當時不算胖，事實上我如今告訴我的兒子們，我大學時打籃球，跳起來可以抓住籃框，他們都嗤之以鼻，覺得我又在吹牛。我大約是在研究所碩班三年級那一年，用一年的時間，把自己從七十多公斤，吃到一百多公斤。當時做這個決定，是因我捨不得離開我的女友（也是我後來的妻子），去一個不知會在外島金門或屏東，或花蓮的不可知的軍營待上兩年。我們那年代有許多關於男孩去服兵役，兩年出來之後，原本互相深愛的馬子跟人跑了，這有個術語叫「兵變」。而我的女友是個美人兒，我和她的那場戀愛，非常慘烈，約耗時快兩年，我才把她從她前男友那兒追過來。但這不是我這篇要講的故事。總之當我做了決定，我要吃肥，以逃避兵役，我就這樣幹了。在二十多歲那年紀，吃胖好像不像現在快五十歲的那麼容易。它像一個攻頂的戰略表格，狂吃一陣子，體重這樣上升到八十，八十五，然後就會停住，你繼續狂吃那一陣，會一直在八十五盤旋打轉，好像身體終於接受你就是個八十五公斤的人，它才會再繼續上漲，同樣的，到了九十，九十五，各自都會有這樣的瓶頸，停在那兒上不去。

那一年，我每週要跟指導教授碰面一次，有一次，她非常驚奇的對我說：「怎麼真的有這種奇蹟，你好像在我面前，像卡通片裡那樣被吹氣，一直膨脹，竟然像是視覺可以看到你正在這樣被吹胖。」

總之，到了那年八月，我還是得入伍（有點複雜，因為之前到兵役科體檢時，我還是個體格超合標準的七十多公斤的正常役男，但我在一年多變成一百多公斤的死胖子，這在規定上，必須進營受新兵訓練一個月，然後再複檢，若還是超過體檢標準，再讓你退訓）。我記得我從台北火車站到高雄（當時還沒有高鐵）這一段四個半小時的車程，我去買了一大盒金莎巧克力，一顆一顆往自己嘴裡塞，覺得快吐了，但仍想像自己是一把左輪槍，我正在一顆一顆替它填塞子彈。

進到那陸軍官校，磅過秤我就被編進一支奇怪的連隊：這連隊，約有二分之一的人全是胖子；約有三分之一的是那瘦到皮包骨的超瘦子（太瘦到一個標準，也可以退訓，不用當兵）；剩下的是一些比較特別的，用視力、心臟、精神官能、血壓……這些比較精密方式的身體殘缺而等待退訓（這一批人大部分是醫學院學生）。總之，我們從連長、輔導長、排長、各班班長，大家全心知肚明，這一夥廢材全是想辦法要用身體搞手段，逃避兵役的。這於是那些正期軍官學校、士官學校出來的革命軍人，打心底就對我們這群（畫面上主要還是拱拱拱這群胖子）不想報效國家的壞傢伙充滿敵意。我們內心則是一種諜對諜的恐慌，因為好不容易吃撐到這麼胖了，超過標準線一點點，但在各種軍事訓練、出操、體能操練下，你感覺我們的軍官們也在賭氣、陰笑：「就在這個月，把你們這些肥仔，操瘦個幾公斤，到時複檢後還是得留下來當兵。」於是那個月，每次吃飯時，那些瘦子（他們要保持瘦在標準以下，其實更難，嚇死人了，他們的體重是三十九公斤，還要吃利尿劑排出水分），會把他們的餐全部不吃，給我們這些胖子。那一個月真是意志和人性的考驗。軍中的食物究竟是分配嚴格，每天深夜，我都聽到大寢室裡，這些胖子們爬下床，到各自衣物櫃摸出他們偷藏的巧克力，窸窸窣窣吃著。

唉你想像一堆一百公斤以上的胖子，穿著大尺寸的軍服，在烈日下、草地上，進行那些翻滾、匍匐前進、蹲姿射擊、行軍……各種軍事操練，就覺得悲慘又滑稽啊。

到了終於要複檢的那天，上面派了輛軍卡車，載我們去一間軍醫院複檢，我們自備小板凳，挨擠在那軍卡車上，車一轉彎或煞車，一堆胖仔便摔擠成一團，真的很像運豬仔車啊。

我記得當我們排著隊在那體檢室外等候，有人向帶隊官報告，想喝水，那帶隊官非常嚴酷，怒斥我們：「不准喝水！誰不知道你們想增加體重，等量完再喝。」

這時，年輕的我展現了我鬼混的天賦，我上前立正敬禮：「報告帶隊官，我要上廁所。」他看了看我，批准了。我一進廁所，媽的開了洗手台的水龍頭，狂灌那自來水啊。上回提過，一公升的水，就是加一公斤體重啊。後來一堆胖子也都進廁所了，大家都像拚了命那樣搶、擠那水龍頭。甚至連洗拖把水槽上的水龍頭，也擠著拱著，水花亂濺，頭把別人的頭擠開，胖身體偎在一塊。真的那畫面，特像養殖場的豬仔啊。

後來磅完秤，有許多胖子竟真的沒過標準，得留下來當兩年兵——因為這個免服役體重的標準值是一個公式，你的身高乘以這個公式，得出的數字，你若體重超出，就不用當兵。許多胖子，就是用這公式算出他的體重高標，吃到超重一點。沒想到那天複檢的醫官，不是要我們站著量身高，而是躺著量，人一躺下，那脊椎就拉長些。譬如我原本身高一七六的，那一躺下，暴出的身高竟是一八〇。如此公式換算我的體重值要從原來一〇五公斤不用當兵，變成一〇七公斤才可以退訓。真是諜對諜啊。還好我傻呼呼不知有這公式，當時狂吃狂喝，一磅重達一〇八公斤，算是驚險過關——我記得好多胖子，在回程的運兵車上，哭成一團。他們花好大力氣譬如吃胖到一百公斤，但因這身高量法，突然要當兵了，那真是枉費了整年不人道的增胖過程啊。

後來我才知道，我當年那一〇八公斤，是整個那一年，鳳山軍營裡第一胖子。退訓後我很努力減了一陣肥，減到九十公斤，也順利和女友結婚，這樣二十年過去了。我又胖回當初退訓的體重，說來那偷來的兩年，好像也沒做啥麼有意義的事。

等船

她母親是法國人，生下她就回國了。所以過去的事之於她是一片空洞，連悲傷都沒有的灰色海面。船都開走了。她父親是職業軍人，總下部隊，村裡人看這一個小女娃自己在屋裡髒兮兮的過日子，便給她父親說媒，同是村裡一個逃難中和丈夫失散的雲南女人，孤家寡人等了也十年了吧，湊合著也幫照顧這可憐的小娃。

但第二年她後媽便生了個弟弟，在那貧困年代人人灰撲撲但求謀食，她這樣一個八歲無娘的孩子，便注定像象群裡或斑馬群裡，最可能被獵殺、淘汰的孱弱邊緣孤隻。

後媽像嘮叨後院一叢鬼蕉要剷掉，或後面水溝要加蓋，在她父親每次部隊回家，就和他吵要把這女孩送走。

父親決定將她送去馬祖，託寄給那邊當參謀官的大伯，但是光要申請戰地戶籍、親屬依歸，在那個年代，公文往返，就整整等了一年。這一年，她被託寄在一位他大伯同事（也在馬祖）在台北的妻子家。那位伯母一開始困惑又有禮的招呼她，但時日漸久（連她自己都以為會就這樣在這個毫無關係的婦人和小嬰孩家，長大成人），就把她當小傭人使喚啦。

有一天，她父親突然出現了，說馬祖居民證公文已經通過了，現在就等船期了。但這一等又是好幾個月。

終於等到船期的那天，她爸、她後媽還是送她到基隆碼頭。印象中那艘要開往馬祖的軍艦，停泊在港邊，像半天高一隻鉛灰色的巨大神獸。許多穿制服的阿兵哥像小小的甲蟲纍纍堆爬著一棧板往船上扛一些米袋啊、麵粉袋啊、一大簍一大簍的蔬菜糧食……有一排憲兵擋在岸上他們這些等候上船的亂哄哄人群前，查驗證件。擁擠在她和她爸、後媽身邊的，盡是兵，印象中他們的臉都像馬匹或騾子的臉，充滿一種無奈、疲憊的哀傷。她內心當然也堵著一種巨大的害怕（她才十歲啊，對於隻身登上這艘大船，以及它將駛往的那個叫「馬祖」的地方，完全超出小小腦袋的想像力啊），聞到似乎海的淡腥味，機油的辛烈味，再就是這數百年輕軍人集體汗臭如牲口的氣味……

那等待的時光非常漫長，中間好像說是船期又要延一天，岸上這頭混亂的阿兵哥們騷亂著，哪邊有動靜則朝那盲流的移動著。那整過程她父親把她的小包袱揹著（其實就是一條小軍毯，將她的幾件小衣服、書本文具裹起來，用繩子綁成一捆），焦慮地帶著她和後媽也跟著碼頭上這些竄流的人潮移動。不時有嗶嗶嗶哨子的尖銳響聲。

突然那軍艦響了一聲像鯨魚嗚咽的汽笛，所有人恍若從夢中驚醒，嗡嗡傳著：「啊，要開了，要開了，可以登船了。」

那時她父親突然進入一時光錯置、像催眠的狀況，忘了身邊這個年輕的妻子和小女兒，像他仍是十年前逃難慌急要跟著整個碼頭潰散、恐懼、所有軍人之臉如地獄冤鬼或如森林大火逃出隻麋鹿狼奔……的大部隊登艦的那個小兵，包袱往腋下一夾（他以為那是他的），像木頭傀儡，兩眼發直自顧往泥潮漩渦般的搶登船人群那端走。

她後母喊：「你要去哪？神經病！不是你啊，是你女兒要登船啊。」

她父親這才恍然驚醒（原來這次不是他啊？不是他又將被甩擲、和一船臭烘烘的陌生人一道，離開腳下浮浪搖晃的陌生地，送往另一處他和其他人都迷惘不知的遠方），把包袱交給可能只及他腰高的小女孩，摸摸她的頭，然後牽著她到登船高梯架前，抓了一個年輕士兵囑託他一路照應……

她就這樣到了民國五十六、七年的戰地馬祖。她的伯父在軍隊營區指揮部裡（是位文官幕僚），所以她平日得住校。但學校沒有宿舍，她便和兩位年輕女老師一起住在學校附近一破爛老民房，那女老師也不過是師大剛畢業，二十出頭的大女孩，都是僑生，一個印尼、一個馬來西亞，似乎原本在故鄉都是有錢人家千金小姐，但來台灣念書這些年，印尼發生大規模慘烈排華，家產都被印尼人掠奪了，馬來西亞這位則是家被馬共抄了，父母都被殺掉了。總之都成為回不了家鄉的孤兒，只能靠在台灣政府轄下的馬祖這小島的教職生存下去。每個夜晚，兩個女老師用馬來語交談，常抱著她（十歲的，比她們堅強的小女孩）三人相擁而泣。

學校同學都是一些貧窮漁民的小孩，皆以福州話交談，她完全聽不懂。在小孩的敏感感知，自己是被孤立、排擠、靜默聽不懂他們說些什麼。但課堂上她被作為字正腔圓國語的典範，升旗的旗手，跳級從小三升到小五的模範生。

每逢週末，她伯父部屬開的簇亮綠漆吉普車便直接駛進塵土荒蕪的校園，將她在全校師生羨慕注視下載走。到了軍區，那水泥建築樓舍的辦公室，完全是另一個世界。所有戴梅花的軍官全伏案批寫公文，全是可能家小都在台灣的男子（而且都是軍官，不是兵），整個營區只有她一個小女孩。那可是所有叔叔伯伯哄逗她、討好她、放縱她調皮任性沒大沒小。各種小零食，用紙畫的圖畫故事，一些貝殼或種籽甚至台灣寄來的巧克力。戴一顆星的戰地主任還陪她下象棋還不准贏她呢。

蛇

她說，有一回，她父親的部隊，開拔到湖北的一個農村，上頭突然要他們就地駐紮，等候下一步命令。幾千個穿灰布軍裝的兵們，散在那片戰火凌虐勉強秋收後一片灰的荒地上。像從天上飄墜的枯葉，落地後向周圍碎土、小石粒、野草莖四散竄爬的小小螻蟻。

她父親和五、六個兵，溜進一類似祠堂（但早已人去而空蕪、窗爛瓦破）的磚屋，有個傢伙不知去哪弄來了一罈白酒，幾個十七、八歲的小夥子便躲在那隱蔽處裡胡喝起來。

在那所有人臉變紅通通，一個和野外行軍光線印象不同的模糊窩坐著一坨影廓，裡頭有個文書，她父親說即使過了四十年，還是清楚記得他的臉，瘦削蒼白，沉默寡言，整個人說不出和其他這些渾身羊騷味、疲憊、無尊嚴的髒汙小兵們不同的文氣，就是稍乾淨些。兵們其實有些像牲口，對這格格不入坐在他們之中一道拿破碗喝酒的「讀書人」，也無能言說其不自在，仍嚼食乾糧如草料，也不談論未來的命運，或從前老家熱炕頭或媳婦的奶香。

那天，那個文書，或也喝歡了吧，突然把碗擱地，說：「今天有緣，我露一手給你們瞧瞧。」她父親那時也喝茫了，記憶中不確定屋外是黃昏或已天黑。他們一旁點起油燈，所以影影幢幢像偷闖進別人的夢一樣神祕。那人接下來的動作不大，但都帶著一種線條如水流的搖晃波動感。只見他從懷裡取出一張紙籤（原本是一小紙團，他將它攤開），用手指蘸碗裡的酒，在那紙條上胡亂寫著一些咒文之類的東西，然後將那小小紙符就著油燈燄燒了。

接下來發生的事，那真叫恐怖。有一段時間一片靜寂，然後他們聽到屋外窸窸窣窣像許多女人拖著裙裾在極近處來回走動的聲音。第一條蛇從門檻那爬進來時，他們其中一個傢伙發出一聲低嘆，但之後上百條一樣如手臂粗，黑光粼粼的長蛇，像無月之夜的溪流，嘩嘩沙沙水波覆蓋前面的水波，那樣從那顯得太窄的門洞淹流進來。停在這五、六個嚇成雕塑的小兵們前一尺處，像有一條隱形的線牠們不敢越過，但像潮浪那樣翻湧著，這些一路拿著噴火的木柄步槍襲殺日本兵，也看著自己身旁的同僚被炮擊炸成血肉碎塊，一路看過遍野難民屍骸的年輕男子，沒一個敢吭氣出聲。

但那文書（此時他的形象變得無比威嚴高大）巡視了眼前擠滿一屋，腥臭不已，躁動翻騰的黑蛇們。她父親說，不斷仍從外頭那不知哪裡的荒野水澤，像接到指令趕來赴會的蛇群，湧進這小小的荒屋。他評估後來至少有近千條那樣妖麗如女人斷了髮帶風飄獵獵，不，整片樹林被狂風吹襲都不足以形容的「線條的暴漲」——那臉色如白紙的文書一臉醉態，似乎非常不滿意。（有個該來的，沒有來？）他低聲冷笑說：「哦，不給面子？請不動？」再從懷中拿出一紙符，揉搓攤開，這次他用牙咬破右手食指指尖，用鮮血在那上頭仍是快速寫了一串咒文，再讓焰苗舔了燒了。

她父親說那之後約有一刻鐘吧，他們那擠滿了蛇群之小屋的外面，黑暗的荒野，狂風大作，飛沙走石，只有後來到台灣見識到強烈颱風來襲，才足以重現那個晚上，他們無比恐懼聽到、感受到、聞到、胸口被一種氣壓擠迫到的，「大自然之怒」。人類說「瘋狂」、「咆哮」、「歇斯底里」，其實都只是非常小規格的切斷了人和大自然連結的，殘餘的記憶。人終究只是大自然中循環、裂解成小小微塵的一部分。他們這群小兵，被操習著學會用炮、噴火的步槍、無線對講機、可以一瞬間讓一座村莊夷為平地，或躲在樹叢裡讓一隊日本兵全腦殼爆開、眼睛打爛、腸肚流出，仆倒在他們的血泊中。但這都還只是大自然裡，像海中小波漣那樣的翻動，當然後來美國人在日本丟了那兩顆原子彈，也許那時候，人類才真正讓大自然「鬼哭神愁」，讓祂們害怕這種小小猿猴異變出來的後代。

總之，那個晚上，當那一切的狂風暴雨停息後，她父親回憶起那神祕的一刻，腦中會有電影般的錯覺，似乎那時奏起弦管笙笛之樂，小屋內光線也明亮起來，那擠滿在他們面前的長蛇們，騷動著，自動讓開一條通道，有一條小蛇施施然地從屋外爬進來，讓人有一種錯覺，牠是穿著華麗王袍、鳳冠珠珮、身後拖著長長的繡緞裙幅，但其實就是條比蚯蚓略粗些的小黑蛇。牠游爬到那文書的面前，頭頸立起，兩隻眼睛炯炯且威儀地看著這個不知是啟動了什麼巨大咒密的人類。那時她父親發現那小蛇唯一和尋常之蛇不同處，就是頭上左右側各一只小肉突，像小山羊剛冒出的犄角。這蛇和那文書，似乎在無聲的對話著。

然後，這小蛇似乎明白了，朝著這文書點了三下頭，轉迴過身，仍倨傲地、悠然地尋那條小通道爬行而出，牠一離開這屋子，那滿屋上千條竄動的長蛇，也秩序井然地，沙沙沙地撤走，離去。

等那小屋又只剩下這幾個癱軟、如大夢初醒的小兵們。那文書對他們（包括她父親）說：「這下慘了，三天後你們等幫我收屍吧。」

這一切是怎麼回事呢？其他人當然問這原來有一番來頭、本事的白臉書生啦。文書跟他們解釋：

「我原本在山東時，跟著一位師父學道術。我師父當時也就只傳我這一手，是為危難時保命用的，但必須低調、不引人注意。我今天犯了大錯，跟你們喝開了，一時浮躁，想露一手。一開始用酒水寫符籙，招來這一帶的當家。你們剛剛看到那條小蛇，牠是管湖北、湖南所有蛇的蛇王，牠一開始意識到這符的厲害，但知道只是兒戲，給個面子讓牠下面凡兩尺以上的大蛇，都銜命來見。但我一時傲倔，覺得符一祭出，牠竟然不來。所以如你們所見，我用自己的血再下一道符。這樣牠不能不出來了。但這整件事只為了我酒後想逞顯本領讓你們瞧瞧，完全沒有當即之災禍。這羞辱了這條蛇王。事實上按理字上講，也是我觸犯了天條。悔不當初。剛剛那蛇王怒不可抑，點三下頭表示牠已就這符的神威給了交代，但同時也告訴我，我這條小命，就只剩三天啦。」

她父親說，三天後，那天剛過了正午，突然日頭無光，他們軍隊駐紮的這個村莊的天空，整片濃雲遮蔽，狂風驟起。她父親是部隊指揮官的駕駛兵，他們站在臨時指揮所的曬穀場，看著整片田地延伸到遠方一處小山丘的上方，一朵黑雲，電光閃閃，他們可以看見，那一帶的樹林，像抖殼篩那樣東倒西歪狂舞著。

她父親的指揮官說：「這倒是見到了異象，就那個山丘上起了狂風暴雨。」有小兵來報，部隊的文書官從一早就不見了。指揮官命令各搜索排劃分區域找人。前幾晚那幾個傢伙心裡有數，但也不敢胡說，不知是夢是真。有一個多餘出來的情節，是她父親帶著一列班兵，沿著田埂、荒地、竹林找尋，經過村東三岔路口一座土地廟，十來個兵還蹲在廟前抽菸歇息。從那處也可眺見那被黑雲籠罩的小山丘。她父親那時進入一種他那年紀無法理解的像藕粉糊涕狀熱熱裹住的憂鬱預感：他知道那白臉斯文的文書，此刻正在他們眺望那電光閃閃、一朵烏雲罩頂、那一帶的樹林像海潮似的濃綠翻湧，他正在「被殺」，他們這樣在旱地、池塘、毀棄的民房、竹林一列列小人兒裝模作樣的「找尋」，根本只是遠遠躲開那謎的核心。但事情好像並不只是眼前這一場災難演劇（這場戰爭。他身旁將有更多同袍死去。他們將順從但憤恨地鑽進那等著他們的南方的叢林，瘟疫，飢餓，敵方游擊的獵殺槍火，更恐怖的非人之境。或是他們像走馬燈投影經過這片土地，之後會發生更巨大的，人吃人的饑荒）。所以再過半世紀後，七、八十年後，她父親早已不在人世了，但聽故事的她，在新聞偶爾看到「長江下游江面浮滿上萬隻死豬，惡臭撲鼻，或因反腐反鋪張運動，年節預料之餐飲酒宴近半取消，沿江各鎮養殖場過剩之豬隻，前年中秋以俗稱『薔薇硝』之砒霜（使豬肉肥美）餵食，卻無須宰殺，養豬戶怕集體暴斃遭查，於是將豬屍全扔入江裡」，或是虐熊、吃孔雀肉、毒魚炸魚整片湖澤的水族魚屍……似乎也無任何驚怪了。

　　他們當然沒找到那文書。當天夜裡，那文書倒回來營區了，臉色更慘白如薄紙，兩眼如在夢遊。把那晚在小屋裡目睹那一幕的幾個兵聚了，告訴他們：他僥倖將那條蛇王斬了，那蛇現出本形，有多大呢？牠的尾輕輕一扭，將村子東郊那間土地廟掃倒了一半；蛇身中段腹腰處，被他斬斷在那小山丘上；蛇頭呢，在地平線另一端過去，已在下一個縣境的另一座山丘那頭了。但此事不可能善罷（「回到原初這件事本就是我不對」），所以呢，文書說在此跟各位別過了，他必須開小差，也許回北方日本人的占領區。而這整個部隊也最好趕緊移防離開，否則可能全部都沒命。

不知是否巧合，第二天，她父親那個部隊，好像指揮官終於接到上頭命令，他們要移防入滇，加入杜聿明領軍的第五軍團，越過國境支援緬甸被日軍包圍的英軍。整片田野縷縷炊煙，應是炊事兵毀棄臨時搭造的灶窯。田埂上幾輛軍用吉普、拖炮車的騾馬，和從不同處田地枯草蹣跚湊聚的軍裝小人黑影。他們的部隊就那樣離開那像並沒發生過什麼事的灰綠田野。

消失的神明

那一天他在計程車上聽到的廣播新聞提要如下：

——屏東潮州段鐵路高架橋發生意外，造成兩名工人一死一傷。

——南韓羅老號衛星今天向地球發射兩次訊號，顯示衛星成功送上軌道。

——英國神經專家指出，哭是人類會用語言以前的溝通工具。

——美國最近一項研究報告顯示，家貓每年平均可殺死三．七億隻鳥類。

——辛巴威國庫崩潰，僅剩兩百一十七美元。

這是這一天，和其他許多許多天完全不同的一天。時光像靜止著卻又像水波跳動著，發生了這些事，而這就是「這一天」了嗎？被無數人聽見，而後遺忘，混入無數波紋的「這一天」？

他回憶起童年時，許多畫面如小孩走進水族館，將臉貼在那冰涼的玻璃箱壁，看著裡面一個幫浦打出一串串碎氣泡，水草綠光盈盈、款款搖擺，拖曳著金黃或靛藍晚禮服的梭形孔雀魚，或一些外星怪物般黑色的吸盤垃圾魚……那樣一個栩栩如生的完整宇宙。他記得有一次一間廟的乩童們扛著神轎顛搖遶境，街上鞭炮炸射，那四個扛著約莫有一條二線道馬路口斑馬線那樣長的竹竿，從濃煙火焰中赤膊出現，突然沒人下指令，他們像喝醉酒鬧事的，逕自擠開人群，鑽進他一位叔公家裡。那位叔公長年臥病在床，家裡人也沒有準備，但那四個扛轎的壯漢，像被竹竿上那小小、長年煙燻焦黑舊造木雕上礦石彩的小神轎攝提著肩頭和腳步，像海浪上顛簸的小舟，他們穿廊入室，像幽靈使者身影變黯淡，像移形換位，變成曲拗的影蛇，奇怪那屋子廂房和甬道如此狹窄，其轉角按正常經驗不可能讓這一夥連人帶轎（那麼長的竹竿）咻一溜煙便鑽進屋內。但事情真發生了，當然地方耆老們後來的回憶與傳說，奇怪當天竟有那許多人指證鑿鑿恰也在場，人人貼壁垂立看著那神轎變成一隻有生命的、色彩斑斕且野性的老虎，目中無人在那暗室中轉了一圈，像是受到上界某人請託來看看這被疾厄折磨的不幸子孫。然後這夥人又連竹竿帶神轎，像把真實世界的屋角廊折攤成一條平直布帛，又如幻似影無有阻礙地搖晃著出去了。

傳說中這位叔公當然就不藥而癒了。但其實那好像變成不是這個故事的重點。另一件事則是他父親發誓就認識故事中人：有一位乩童，某日在哥兒們家打牌，叼著菸正爆幹拿到一手爛牌，突然有人惶急來求救，說許仔許仔救命救命，家裡媳婦難產了，小孩生了一天了怎麼都生不出來。這乩童一時神明混亂，或覺得被吵得晦氣，便說：「我這把牌輸了多少多少，你們幫我墊了，我便告訴你們怎麼辦。」那產婦家人當然應允。他便說：「你們現在回去，把家屋四處水溝巡一巡，凡有雜草叢生便除一除，有淤塞便通一通。」那家人回去照做了，也不知是否巧合，孩子真就呱呱生下來了。

但不久之後的某一天，這乩童正在如他成為這神之人間使者後每一次的請神上身，翻白眼臉猙獰拿著小方桌在臉前翻轉搖晃，突然他的頭鑽進那小桌的四腳踩蹬間的夾框，神靈退駕，他的腦袋怎麼樣都拔不出來了，一個胖子在那哭爹哀母，眾人齊力幫忙拔，弄得他滿頭油汙與瘀傷，就是無法將頸項上那小桌拔下。

後來他癱坐地上，要人幫點了根菸，哀嘆說：「這是神給的懲罰，那孩子本來不該生下來的，是我一時貪念，逆了天機，神便讓我替受那難產卡在產道之困苦啊。」

這些神神鬼鬼，如今住在大城市哩，哪再去檢視真假？像是往溝渠裡扔下的，點著的冥紙，火舌仍發著橘光，幽晃舔著沒浸到水的草紙纖維，但一眨眼就被水流熄滅，沖走。但許多畫面在他記憶中仍熠熠發光。譬如那時有新廟落成，開廟門，那乩童們扛著神轎，直直入內，欸那神桌到神壇何其高也？一般大人要上桌可能至少要搬個板凳墊腳。但那列乩童，像騰雲駕霧，搖頭晃腦就如履平地直接踩上神桌，多少人圍觀著，也沒有人為這不符合物理學知識和視覺經驗的場面大驚小怪，好像本該如此，那些扛神轎的年輕仔迅迌，將要上高山下深淵時，本就會有個看不見的，虛空中的大手拎起他們肩頭……

他想，童年那些挨擠著的，就在眼前發生的，那些香煙裊裊神龕上的，細眉細眼肅坐著的神明們，或因是老輩人幾代蝸居在一小鎮，這千百人的集體潛意識的匯聚處吧，那樣一座廟埕，就是這一群人，無媒體、無網路、交通且不便的悠長時光，他們和世界半夢半醒的冥幻邊界的一座雷達發射站吧？所以為什麼那些密教法王，在西藏時有種種神跡，但一到了歐美，在那些媒體之前，總成了穿幫的中世紀魔術師。問題是在一片人跡罕少的荒原峻嶺上，那些疲憊恐懼的信眾，他們的集體潛意識就讓那巫師有修改時空概念，將視覺囿限粒子轉化的河床。但一到了現代意識動輒百萬人、千萬人的大城市，人群在金屬、玻璃、礦石的甬道間亂數移動；每一個人都和其中人如此孤立不同，像都只是一小截夢的破片；空氣中又充滿了電訊波和無所不在的網路……這個更龐大、更錯綜複雜的「集體潛意識」可能是以地球的維度而非一個城鎮的框架來竄跑混雜，傳統的巫師、乩童、神媒便無法在一個圍觀幻境的狀態，像將瀑布裡的水珠全調成同一個音頻而出現某種神祕景觀了。

他說，譬如我們今天算易卦，準不準？有時候真是「蛸準」。但你又覺得怪怪的，好像這個符號系統只為了編沙為繩，鑄風成形，只是想用一套封閉體系去解釋那瞬息萬變的宇宙。你說最初的設計，在三千多年前可能非常準，但是後來，一定是不準了嘛，否則為什麼又有什麼，「變卦」、「錯卦」，第幾爻第幾爻這樣的再換個角度解釋。那就是補破網，讓打撈流變翻飛的生命浮光掠影更精準的網眼，更細，更少遺漏……

他說，我們今天說的「錯綜複雜」，就是從易卦而來：所謂「錯卦」、「綜卦」、「互卦」、「雜卦」啊……

機場

那輛廂型車把他們送到那巨大的機場航廈，之前在封閉的車後座，他感覺他們之間能拿來當敲碎沉默之尷尬的話題都已用完。另兩人似乎是廣義的同業，男的瘦削臉，唇上蓄鬍，穿著非常設計師，沒開口讓人以為是日本型男；女孩也是渾身散發一種設計師的颯爽和知性，他們會交談著一些某某最近如何，某某好像去了英國（應該都是那個圈子的名人）。他們非常溫和有教養，臉上始終帶著微笑，稍意識到他被冷落在話題之外，女孩便會找話題和他漫談兩句。

他們一起穿過巨大但指標紊亂的航廈大廳，終於找到他們那班機的航空公司櫃檯，三人的台胞證疊在一起交上，他們也一起把各自行李放上過磅輸送帶。這時他突然對櫃檯地勤女孩說：「對不起，可不可以幫我安排逃生門旁的座位（就是和一般三個連排座位不同，只有兩個座位，且前面不會有前排椅背抵著，通常是飛機起降時，一位空姐會拉下靠壁座板，面對面坐在這兩座位前方）？我太胖了，看有沒有剩這座位？」他怕他倆看出他的心思，他擔心那櫃檯姑娘把他們三個排排座劃位在一排，兩個小時的航程，他覺得已過了那忍耐那種，怕自己讓人覺得不可愛，恰到好處合群卻又不停擾人的年紀了。

之後他們各自只剩下背後的背包了，他說：「你們先去出關吧，我去外面吸菸。」他們仍是微笑著，好，那反正我們在登機閘口碰面嘍。要注意時間喔。

他又回到無比自在的一個人的狀態了。這機場嚇人的大，人非常多，亂哄哄的，大部分是拿著小旗子的導遊帶著一群旅行團。比較特殊的是在極顯眼處（而非角落）的一片空曠區，約三、四十個穿著類似制服的中年婦人跪伏在那花崗岩地板上，她們上方，三個穿袈裟的和尚（其中一個拿著手機在講話），一看並不像台灣的法師，恕我直言，他們臉部的某些表情的流動，讓我想起這些年在大陸西北旅行，一些十年前可能是荒圮廢墟的破石窟爛廟，這兩年可能地方搞觀光硬把它們重修（並收門票），臨時應徵來像遊樂園穿上企鵝裝或虎克船長臨時演員的，村子裡的青少年。那種剃了光頭的世俗之臉。也許這樣醒目的，與機場航廈空間形成突兀的儀式，是他們想出來的創意吧？

他走到靠牆角落一台飲料自動販賣機，正投幣間，一個方頭大耳面貌慈祥的白髮老者過來搭訕：「先生，我看您這額頭發光，必須跟你說幾句，不耽擱您五分鐘。」

他用側臉對他繼續專注看著販賣機裡的罐頭飲料，左手微舉起作了個擋住的手勢。嘴裡咕噥：「不用了。謝謝。」刻意不進入他們的民間語境，讓老頭覺得他是個冰冷討厭的台灣人或香港人吧。心裡想：老哥，莫說這裡在廣州，二十年前我在台北恩主公廟前地下道走時，就常遇到這一招了。

「先生，不，是真的你額頭發光，我們只是結個緣吧？我是從安徽九華山來的，來廣州辦點事，你莫把我當騙子。」一轉頭，一瞬愕然，老頭長了一張跟他（記憶中）亡父的臉近乎一模一樣的方頭大臉濃眉和充滿笑意的眼珠。若非他身形瘦削矮小不似他父親那一米八北方大個頭，他突然在這異國機場，有一種「見鬼了」（「爸爸！你怎麼會在這出現？」）的多重宇宙混亂幻覺。

老頭察言觀色他的表情有一秒柔和，繼續說著他「明年農曆年過後必然事業大發」這一類空話，並塞了一張金色地藏王像硬紙卡給他。「結個緣。」他想：這我老媽那裡要多少張有多少張，更精美的多的是……但，突然又想：或許不是在這時空曲扭的機場，撞見還不知自己死去，只是像《機場情緣》那困在一座潔淨巨大的機場裡轉悠這許多年的，父親的鬼魂？會不會是，遇見了許多許多年後，老去的自己？（正在騙稍年輕一些時的自己的錢？從小長輩們就說他和父親長得一模子印的。）

終於乾巴巴的問：「那這佛卡要多少錢？」「沒關係的，只是結個緣。」老者笑逐眼開，即使一開頭他就冷峻聲明自己身上沒有人民幣了，這時還是從錢匣抽出一張僅存的百元人民幣給他。老者又向他要了一張台幣一百元「作為紀念」。

總算走到航廈外，和另一群臉孔模糊暗黑各自揹著背袋或拉著行李箱的男人們圍著一只金屬筒吸菸（之中還有一個光頭高大的老外）。這時一個穿蹩腳西裝頭油抹很重但說不出的滄桑味的中年人來跟他借火。這也是一套細微的身體語言，他拿出賴打，幫對方遮風點火，然後眼神轉向他處，自顧噴吐煙。

那人用台語輕鬆自在問他：「台灣來耶？來旅遊還是辦公？」他也用自己

有限的台語簡短敷衍幾句。似乎在大陸城市遇到台灣鄉親，都會故意用台語交談，彷彿怕什麼機密被四周的大陸人聽去。這過程先後有一個獨臂的男人和一個至少九十歲的萎縮矮小的老太太來向他乞討，他分別給了他們口袋裡剩下的兩張揉皺的二十元和五元人民幣。

那個男人抽著菸，對他們說：「好運喔，拿到大老闆的錢喔。」低聲用台語跟他說：「莫睬淌伊們，這裡全都是，汝給不完。」

他想對方是台商吧，自己的台語再哈啦幾句應該被聽出是外省人吧。結果那傢伙開始說起這十幾年來他在大陸各城市或巴士轉運站老遇到那許多不同人卻同一版本的故事，只是這次地點換成台灣：「我有一個朋友，在台灣，就是去年你們那個蘇花公路坍方，不是死了好多遊客，他們去挖，結果挖到一批老東西。好像年代很久遠，還有一些純金的年代很老的佛像（他聽到這差點沒忍住噗哧笑出來，應該要說是挖出有百步蛇紋飾的陶瓶或鐵刀還比較逼真吧？）……我那朋友沒有管道可以銷這批骨董，看你在台灣有沒有認識收這些老東西的朋友……」

他捻熄菸，擺擺手，跟他說，抱歉，我班機時間趕不上了。我沒認識這類人。抱歉，抱歉，突兀地轉身就走。

他疲倦地跟著長長隊伍穿過手續冗長的通關、驗證、極嚴格的X光檢查隨身物品的閘門，穿過那全世界機場長一樣的免稅化妝品、菸酒、名牌、星巴克或Paciffic連鎖咖啡屋、巧克力或國產禮盒的明亮小店長廊，渾渾噩噩想著剛剛這個蹩腳西裝男子他似乎曾在哪見過。後來他在登機閘口遇到那兩位台灣同伴（真是溫暖、懷念、恍如隔世）。他告訴他們，這短短分開的二十分鐘吧，他就遇上兩個騙子。他們還是微笑著聽他描述……

啊。那時他突然想起來了。那個蹩腳西裝講台語的男子。他突然想起在他的城市，某一家他常去寫稿的怡客咖啡。不在他尋常出沒的溫州街、永康街、師大路巷子裡的那些獨立小咖啡屋路線上。是在新公園側門衡陽路，那個像「末日之街」（世界盡頭之街）的一個光度較暗、時間說不出的像鐘乳石洞穴結了汙漬並有鹽硬塊的T型街角。有他童年就存在的「公園號」酸梅湯或三色叭噗冰淇淋；有黑玻璃裡燙法拉頭老阿姨，招牌破爛但旖旎的理髮廳；有彩券行、金石堂、永和豆漿、老外省口中最頂級的江浙館子，再過去是那些上一世紀上海人氣勢規格的大藥局、綢布莊和銀樓……那間咖啡屋的戶外吸菸區，散放幾張小圓桌和籐編小圈椅，貼近車聲轟轟的馬路。總是坐滿那些臉脖鬆塌、布滿老人斑的老外省在那嗓門極大的胡吹亂擂，品評時政和世界金融局勢。有時間雜一、兩個本省人。他總猜不出這群彼此熟稔的老人們（有的還坐輪椅吊著點滴），在退休前的身分，是將軍？國安情治單位的？黑幫老大？或就單純的小學校長？

某一個穿梭摺切的畫面，他清楚記得剛剛航廈外那個借火搭訕的中年男子，也是常雜坐在那群老人中安靜笑著的其中一張臉。

這是怎麼回事？怎麼會出現在這？

愛是不可能的

有一些愛是不可能的，它們像虛空中飄散的電子，或是像在中陰界永恆沒有形體晃蕩的死靈，它也沒有一個「我」的時間幻念，也沒有回憶，就只是一些咖啡杯底濾渣般的怨念或執念的殘餘，如黯夜森林裡的薄霧，或隧道裡的風洞聲，但永遠聚攏不了一個什麼形狀。

譬如說，我年輕時曾經參加過一個國際作家寫作計畫的活動。大約有三個月和三四十個來自不同國家的怪咖或看上去正常乏味的男男女女，住在一個河邊的旅館。我因為英文完全不行，所以那段時光，就像鼴鼠躲在地穴裡躲在我旅館房間挨了整個夏末到秋天。它在我的記憶裡，比我的某一次小學畢業旅行的印象，還要單薄、稀薄。

當然這類的「國際作家交流」活動，你後來知道除了每個週末、週日，大家去小鎮一間很美麗的舊書店二樓，對著一群盛裝而來的老先生老太太朗讀自己的一段作品（用自己國家的語言）；或者還有一些不同主題的座談會吧（我沒有參加過一次，所以不清楚狀況）；其實大家真正的一種歡樂的氣氛，好像田野中的花朵們在進行風媒、鳥媒，或蒲公英籽飛行那樣的「短期戀情」，當然還沒有到「雜交派對」或韋勒貝克寫的那種嬉皮天體營，或是「戀愛巴士」這樣的地步，但確實每個晚上，你都感覺到這旅館的會客室，或阿根廷女作家的房間，或敘利亞男作家的房間，或旅館樓下草坪的街燈照射區，都是這些來自各國的苦悶靈魂們，他們各自帶著不同的酒，嬉鬧歡笑，像林間小鳥啁啾求偶。美一點的女孩（譬如一位希臘女學者和一位緬甸女小說家）就總被那些熱情又大男人氣的伊斯蘭男作家纏著。我想到了這個活動的後期，應該許多瘋狂的戀情或某些號碼房裡熾烈的性愛都在一些不同國度、膚色、文明、宗教、臉廓的人群中偷閃而過的眼神，建築角落的獨處的廝磨、調情、描述一個遙遠異國的「我」的故事……我像隔著一個厚玻璃的聾啞人，知道這一切像實驗室培養皿裡各種菌類的交換基因段，在短週期內讓人眼花撩亂地發生著。

當時我也對那位緬甸女孩有一種波光晃影的好感。主要是她非常慧黠柔慈，不因我是這個群體中完全不會英文（而陷入近乎一隻只能傻笑的大狗）而冷落我。或許她的英文（或膚色）從這世界縮影的旅館中，仍有我看不見的焦慮、挫敗、不安？但好像只有她願意在落單（且我倉皇想溜進我的鼴鼠洞穴）時，拉住我，忍耐我艱難、破碎的英文單詞，像三歲小孩著急表達不出自己的一個完整的描述句子。有一次她還獨自到我房間呢，我用我書桌的電腦，排紫微斗數的命盤，用非常可笑、最原初的形容詞，滿頭大汗幫她算命。她沉靜微笑聆聽，似乎若有所思，那時我突然近距離看見她穿女孩運動七分褲下，露出一截像母鹿那樣的小腿，她的膚色有點偏褐，那樣的脛骨形狀如此纖細優雅，我在我的國家滿街上露著腿走的無數女孩裡，沒見過那樣的簡直像天目茶碗的黑色鷓鴣釉那樣美麗的造物。我立刻面紅耳赤，呼吸急促。當然後來什麼也沒發生，我就送她出去了。（很多年後，我跟我這些老哥們兒說起這個畫面，他們驚恐大罵：白癡！一個女孩肯單獨進你旅館房間，就代表什麼事都可能發生，你將她撲倒在床或擁吻她，都不太可能遭到羞辱拒絕或當成變態。）

後來我提早離開那個交流活動，臨走退房時（我記得是天還漆黑的凌晨三、四點吧），我把一沓大約兩千美元裝信封塞進這緬甸女孩的房門縫。另外我裝了各五百美元，塞進一位肯亞男詩人和一位海地女詩人的房門縫下。我還塞了一個頗貴重的首飾進一位蒙特內哥羅的帥哥門縫下。因為他們是我在這失去語言的時光裡，仍然平等溫柔待我的人。那位肯亞男詩人，是位高大帥氣的黑人，我記得有幾次我們在河邊相遇，他都非常尊貴而善意地和我聊天（雖然我聽不懂他說什麼）；而那個海地女詩人，我是注意到當九月入秋天氣驟涼，所有國家的女孩都拿出漂亮的毛衣或外套，就只有這海地女孩（和我那緬甸小鹿女孩）還穿著夏天來時的短洋裝和涼鞋。而那蒙特內哥羅帥哥則是一直把我當哥兒們，我離開的最後兩天，他的未婚妻來找他，天啊那簡直像齊士勞斯基電影裡，那有著聖龕裡玻璃眼珠的聖母那樣絕美的東歐女孩啊。其實在我惶惶終日的那段時日，一個香港哥兒們、韓國女詩人、敘利亞老哥、阿根廷女教授、馬來西亞作家……他們都對我親切又溫暖，但我當然多了一分心思。他們不缺錢。其實我也是個窮鬼，我到機場轉機時，口袋只剩一些銅板了。我在那些信封裡留了字條：我的朋友，這在中國人的習俗，叫作「紅包」，它不是錢，是祝福。我當然用快譯通翻譯機查了一些（我想像中）感性如詩句的話。

回國之後，大約前後兩個禮拜內吧，我分別收到他們寫來的電郵感謝信。

肯亞詩人稱我兄弟，他的信我記得像一首人類高貴靈魂的詩，他要我無論如何有一天要到肯亞找他。海地女詩人非常令我驚訝地，轉寄了一個「救助海地貧困兒童展望會」的網頁，請我幫忙海地那無數生存狀態艱難的孩子們，向貴國的作家們募款。蒙特內哥羅的帥哥哥們兒，也寫了一封信，他和未婚妻的合照（那美麗女孩戴著我送的首飾），稱我兄弟，說我一定要去他那不幸的國家找他，他要介紹他哥們兒認識我。

至於我那位緬甸小母鹿女孩，她寫了一封極長的情書給我，事實上如果我是像我哥們兒這些情愛獵人，我應可以虛榮我得到一個清澈靈魂的愛的告白。但我這裡不想多說。事實上這緬甸女孩後來還兩度，要飛往美國時刻意在台灣轉機，約我一見，但我皆沒有回信。

我沒再回信給他們其中任何一位。這之間我從新聞注意到，海地發生了幾次近乎末日的七點多級的恐怖地震；肯亞發生過種族大屠殺；緬甸從軍政府屠殺僧侶那年之後，緬甸女作家就在美國一個基金會協助下，舉家遷居美國得到政治庇護。前兩年敘利亞發生的政府軍與反對部隊動輒幾百人的屠村、種族屠殺。緬甸女孩隔一段時間會寫一封信給我，問候我，必講述她在美國的近況。

當然愈後來的信，那用詞便愈像普通朋友（且是放在群組裡同時發信）。事實上我無法回信的理由，是我愈看不懂她的信（因為我的英文退化得近乎文盲）。

我要說的是，當我們年輕些時，我們幻想那些電影裡的異國戀情可能在我們身上發生，此生也許會遇到一次。事實上我年輕的時候認識一些台灣姑娘，她們學會了英文、法文或德文，好似沒有困難地就和那些電影裡男演員般的老外們，發生了異國戀。後來她們也像候鳥飛向遠方的國度，打開了另一個夢境世界的愛情故事。

或我們也相信一些人類愛，像那個信用卡廣告那個美國年輕人在馬雅神廟、在埃及、在印度、在剛果、在敘利亞、在莫斯科、在北京、在京都、在馬來西亞……笨拙像隻大熊蹬腳甩手跳著人類從祭神而發展舞蹈而言，最初階最沒把肢體細節朝文明獨立繁複想像變奏的，「笨舞」。但我們看著這個傻蛋，無害，快樂地在可能四五千個國度的畫面現場，那樣信任（人類這千百年造成的冷酷噩夢，那不可逆的文明霸凌與宗教戰爭、資源掠奪、種族清洗……，都可能因他這獨自如和平大使的傻B之舞而化解？），身後總跟著不同膚色的孩子們、少女們，燦爛笑著跟他一起開心跳著。

但這只是個儀仗般的「播放」。像那些奧運開幕儀式的淩空射箭、空中漫跑，或火焰花瓣，或冰火同源各種在數十億地球人腦額葉，一瞬大麻芬芳般的觸電或光焰炸射。那是在科幻電影的想像力巨大檔案櫃的縫隙，找到一個「人類愛」的煙花印象。

但是愛，如果拉大場景到這樣的演化池塘中不同文明藻聚的時空上，個人的愛之欲力或追憶年華的承載腦容量，作為一枚打水漂之石，在那波紋上彈跳、蹦起、沾濕，甚至沉默在最後一個漣漪水圈中。個體，一個人在老年有限的迴光返照，寂靜只聽見點滴瓶規律滴答聲或心電儀電腦的微弱高頻音，懺情地回憶起一個「不能忘記的摯愛」，不是神、麥可．傑克遜、麥可．喬丹、好萊塢電影、iPhone手機、愛瑪士包、麥當勞……那樣不受時空物理學限制的愛。如果是一個個體（而且沒有語言能力去表述、編織、挖礦、夢中造境……這個孤立文明裡難以表述的個體），如何去用捕夢網撈捕那大氣中流竄的電子荷？那些許多年前，什麼都沒發生的，愛的瞬間？如何將之兜聚成一個有形體的、時間持續的故事？

駱以軍

文化大學中文系文藝創作組、國立藝術學院戲劇研究所畢業。榮獲 2018 第五屆聯合報文學大獎、第三屆紅樓夢獎世界華文長篇小說首獎、台灣文學獎長篇小說金典獎、時報文學獎短篇小說首獎、聯合文學小說新人獎推薦獎、台北文學獎等。著有《計程車司機》、《匡超人》、《胡人說書》、《肥瘦對寫》（與董啟章合著）、《願我們的歡樂長留》、《女兒》、《小兒子》、《棄的故事》、《臉之書》、《經濟大蕭條時期的夢遊街》、《西夏旅館》、《我愛羅》、《我未來次子關於我的回憶》、《降生十二星座》、《我們》、《遠方》、《遣悲懷》、《月球姓氏》、《第三個舞者》、《妻夢狗》、《我們自夜闇的酒館離開》、《紅字團》等。

文學叢書 576

純真的擔憂

作　　者　駱以軍
封面繪圖　陳芳怡
總 編 輯　初安民
責任編輯　陳健瑜
美術編輯　林麗華
校　　對　吳美滿　陳健瑜

發 行 人　張書銘
出　　版　INK印刻文學生活雜誌出版股份有限公司
新北市中和區建一路249號8樓
電話：02-22281626
傳真：02-22281598
e-mail：ink.book@msa.hinet.net
網　　址　舒讀網http：//www.sudu.cc

法律顧問　巨鼎博達法律事務所
施竣中律師
總 代 理　成陽出版股份有限公司
電　　話　03-3589000（代表號）
傳　　真　03-3556521
郵政劃撥　19785090 印刻文學生活雜誌出版股份有限公司
印　　刷　海王印刷事業股份有限公司

港澳總經銷　泛華發行代理有限公司
地　　址　香港新界將軍澳工業邨駿昌街7號2樓
電　　話　(852) 2798 2220
傳　　真　(852) 2796 5471
網　　址　www.gccd.com.hk

出版日期　2018年10月　初版
2019年6月1日　初版三刷
定　　價　350元
ISBN　978-986-387-256-6

本書繁體中文版由河南文藝出版社授權出版

國家圖書館出版品預行編目資料

純真的擔憂／駱以軍 著；
--初版. --新北市中和區：INK印刻文學,
2018. 10 面；　公分. --（印刻文學；576）
ISBN　978-986-387-256-6（精裝）
855　　107015156